길 위에서 발견한 작은 행복

CONTENTS

저자 | 김봉수

김봉수 대표는 여행을 기획하는 사람이지만, 사실은 사람들의 삶을 기획하는 사람에 더 가깝다. 그는 오랫동안 항공, 크루즈, 장거리 여행 등 다양한 여행을 설계해 왔고, 수많은 나라와 길 위에서 사람들을 만나며 한 가지 사실을 깨달았다. 사람들은 대단한 행복보다, 생각보다 작고 소소한 순간에서 더 오래 기억에 남는 행복을 느낀다는 것이었다. 그래서 그는 비싸고 화려한 여행보다, 천천히 걷는 길, 낯선 도시에서의 저녁 식사, 새로운 사람과의 대화처럼 작지만 분명히 기억에 남는 순간이 있는 여행을 더 좋아한다. 그리고 그런 순간들이 모여 사람의 인생을 조금씩 바꾼다고 믿는다.

현재 그는 여행자의 경험과 이야기가 하나의 여행이 되고, 그 여행이 다시 누군가의 인생을 바꾸는 여행이 되는 플랫폼을 기획하고 있다. 여행을 통해 사람들의 삶에 작은 행복을 만드는 일, 그것이 그가 오랫동안 해오고 있는 일이다. 이 책은 그가 여행을 하며, 사람들을 만나며, 그리고 자신의 삶을 지나오며 발견한 '작지만 확실한 행복'에 대한 이야기다.

(**Part I**)

자연이 주는 소확행

1장 | 갯벌 위 작은 예배당
- 바다 위의 순례, 신안 섬티아고

2장 | 8천만 년의 시간을 향해
- 붉은 모래 위의 깨달음, 나미브 사막

3장 | 가족과 함께한 가장 완벽한 여행
- 별이 쏟아지는 길, 캐나다 로키 RV 여행

갯벌 위 작은 예배당
- 바다 위의 순례, 신안 섬티아고

가을이었다. 공기가 맑고, 바람은 차분했다. 햇살은 부드럽게 바다 위를 쓰다듬었다. 이른 아침, 물때를 맞춰 길을 나섰다. 노둣길을 걷기엔 더없이 좋은 날씨였다.

신안 섬티아고는 다섯 개의 섬을 잇는 12km의 순례길이다. 대기점도에서 시작해 소기점도, 소악도, 진섬, 딴섬까지 이어지는 길. 섬과 섬 사이 갯벌 위로 놓인 '노둣길'을 따라 걷는 게 이 여행의 하이라이트다. 밀물 땐 바닷물 속으로 감춰지고, 썰물 때만 모습을 드러내는 신비로운 길. 그 길을 걸으려면, 반드시 '물때'를 맞춰야 한다. 여행 전부터 나는 매일 '바다타임' 앱을 켜놓고 물때를 확인했다. 날짜마다 바다의 높낮이가 다르고, 그에 따라 걷기 좋은 시간이 달랐다. 몇 시 몇 분에 썰물이 시작되는지, 노둣길이 언제 열리고 닫히는지를 꼼꼼히 메모하며 스스로 '물때 공부'를 했다. 그 과정을 통해 바다가 하루를 살아가는 리듬을 조금은 이해할 수 있었다. 자연의 시간을 읽는다는 것, 그건 도시에서 잊고 지냈던 감각이었다.

드디어 그날, 계산해 둔 시간에 맞춰 도착했다. 물이 찰랑찰랑 발등을 스칠 만큼 고요하게 차올라 있었다. 신발 밑창에 바닷물이 스며들며 '철썩, 철썩'하는 소리가 났다. 바다 위를 걷는 듯한 느낌. 그 감촉은 묘하게 따뜻했고, 마음이 정화되는 듯했다. 발을 디딜 때마다 물결이 반짝였다. 햇살이 갯벌 위로 흩어지고, 짭조름한 바람이 얼굴을 스쳤다. 그 모든 것이 어우러져 내 안의 시간을 천천히 늦췄다. 사람이 없었다. 앞에도, 뒤에도, 누구의 발자국도 보이지 않았다. 오직 나 혼자, 바다 위를 걷고 있었다. '지금 이 순간, 세상은 나를 위해 멈춰 있다.' 그런 생각이 들었다.

길 중간쯤, 12사도 예배당이 나타났다. 갯벌 한가운데 세워진 작은 예배당. 크기는 불과 세 평 남짓이지만, 존재감은 컸다. 문을 밀고 들어가자 공기가 달라졌다. 창문 너머로 햇살이 들어오고, 그 빛이 벽을 부드럽게 흔들었다. 나는 아무 말 없이 앉아 바다의 숨소리를 들었다. 모래알 사이로 스며드는 바람 소리, 물결의 파문, 멀리서 들려오는 새소리. 그 모든 소리가 어우러져 하나의 음악처럼 느껴졌다. 그 고요 속에서 나는 비로소 내 안의 목소리를 들었다. '이건 단순한 여행이 아니라, 내 마음의 순례다.'

해가 기울 무렵, 대기점도의 한옥 민박에 도착했다. 민박 사장님은 바다를 가리키며 말했다. "지금 나가면 낙지 잡기 딱 좋아요." 랜턴을 들고 나갔다. 밤의 바다는 낮보다 훨씬 신비로웠다. 랜턴 불빛이 물결 위에서 춤을 췄다. "저기요, 저기!" 사장님이 외쳤다. 빛이 닿은 곳에서 무언가 꿈틀거렸다. 낙지였다. 나는 갈고리를 들고 후킹을 시도했다. 하지만 어림없지…. 7번까지 시도했지만 여전히 실패. 사장님은 웃으며 말했다. "이리, 줘 보쇼, 여기서 나고 자라야 타이밍을 알죠." 그는 손목을 살짝 꺾으며 단번에 낙지를 들어 올렸다. 팔이 꿈틀거렸다. 살아 있는 바다의 온기였다. 그날 밤, 잡은 낙지로 끓인 연포탕은 잊을 수 없는 맛이었다. 내가 잡지 못한 낙지였지만, 그 한입엔 '도전의 맛'이 있었다. 그리고 알았다. 성공이든 실패든, 직접 해본 일은 다 남는다는 것을.

밤이 깊어지고 창문 너머로 달빛이 바다를 비췄다. 낮에 걸었던 노둣길이 은빛으로 빛났다. 그 길 위에 내 발자국이 남아 있었다. 아마 밀물이 차오르면 모두 지워질 것이다. 하지만 내 마음 안에 남은 그 흔적은 사라지지 않았다. 달빛 아래에서 나는 조용히 깨달았다. 행복은 거창하지 않다는 걸. 누군가의 부러움이 아니라, 내가 내 발로 걸은 시간 속에 있다는 걸. 바닷물의 온도, 바람의 냄새, 파도의 리듬, 그 모든 게 나를 살게 하는 작은 행복이었다.

신안 섬티아고를 처음 상품화했던 건 코로나 시기였다. 해외여행이 완전히 멈췄던 때, 난 생각했다. '비행기를 타지 않아도, 해외여행의 설렘을 느낄 수는 없을까?' 그때 마침 김포에서 무안까지 하이에어가 50석 프로펠러 항공기를 띄워줬다(나를 위한 건 아니었지만). "마스크 프리-신안 섬티아고와 퍼플섬 1박 2일" 비행기 창밖으로 하늘을 보는 그 짧은 순간에도 사람들의 표정은 설렜다. 무안공항에서 버스를 타고 송공항에 도착 후 배를 타고 대기점도에 내린 뒤, 사람들은 조심스레 마스크를 벗었다. 얼굴에 닿는 바람, 바다 냄새, 그리고 맨얼굴로 웃는 서로의 모습. 그날 우리는 깨달았다. "행복은 멀리 있지 않다. 마스크만 벗고 걸어도, 사람들은 행복해한다." 그 장면을 보며 나는 마음 깊이 느꼈다. 소확행은 거대한 이벤트나 먼 곳의 풍경이 아니라, 지금 이 순간, 나와 함께 걷는 이 시간 속에 있었다.

신안 섬티아고는 그런 길이다. 누군가에게는 단순한 트레킹 코스일지 몰라도, 누군가에게는 삶을 되돌아보게 하는 순례길이 된다. 노둣길 위에서 걷는 그 몇 시간 동안, 사람들은 저마다의 이야기를 품고 바다를 건넌다. 어떤 이는 잊고 있던 꿈을 떠올리고, 어떤 이는 그리운 사람을 떠올린다. 바다는 그 모든 마음을 조용히 받아준다. 물때에 맞춰 걸어야 하고, 갯벌 냄새에 익숙해져야 하며, 파도와 바람의 리듬에 몸을 맡겨야 하는 길. 그 모든 것이 불편하지만, 그 불편함이 바로 진짜 여행의 본질이었다.

신안 섬티아고를 걸으며 나는 생각했다. 우리가 굳이 스페인까지 가지 않아도, 삶의 순례는 여기서도 충분히 가능하다는 것을. 조용히 걷고, 바다를 보고, 나 자신을 돌아보는 그 시간. 그것만으로도 마음은 충분히 채워졌

다. 산티아고 순례길을 가지 않아도 느낄 수 있었던 소
확행, 그 이름은 바로 신안 섬티아고였다.

8천만 년의 시간 속으로

나미비아 수도 빈트후크에서 사막을 향해 달리는 6시간 동안, 차창 밖 풍경은 서서히 변해갔다. 푸른 초원이 황갈색 사바나로, 사바나는 다시 메마른 황무지로, 그리고 마침내 붉은 모래의 바다가 눈앞에 펼쳐졌다. 비포장도로를 달리며 몸이 덜컹거릴 때마다, 나는 이 여정의 끝에서 무엇을 만나게 될지 가슴이 두근거렸다.

나미브 사막. 이곳은 세상에서 가장 오래된 사막이다. 8천만 년이라는 상상할 수 없는 시간 동안, 이 땅은 모래와 바람만을 벗 삼아 존재해 왔다. 남한 면적의 1.35배에 달하는 광활한 땅에, 높이 300미터가 넘는 거대한 모래언덕들이 대서양을 향해 끝없이 이어진다. 지구에서 유일하게 사막과 바다가 직접 만나는 곳. 그 신비로운 접점을 향해 나는 달려가고 있었다.

　　나우클루프트 국립공원 입구에 자리 잡은 Sossus Vlei 롯지에 도착하니 차가 멈춘 곳은 듄45였다. 국립공원 입구에서 45킬로미터 떨어진 지점에 있다고 해서 붙여진 이름이다. 해가 지기 두 시간 전, 오후 4시였다. 나는 신발을 벗고 맨발로 모래를 밟았다. 철분이 많이 포함되어 오랜 세월 산화된 모래는 예상보다 무거웠고, 붉은 황토처럼 진한 적갈색을 띠고 있었다. 한 걸음 내디딜 때마다 발이 푹푹 빠지면서 모래가 발가락 사이로 스며들었다.

붉은 모래언덕을 오르며

　　모래언덕을 오르는 것은 생각보다 힘들었다. 한 걸음 오르면 반걸음 미끄러지는 느낌이었다. 숨이 차올랐고, 다리가 아팠지만 멈출 수 없었다. 능선을 따라 오르는 다른 여행자들의 실루엣이 멀리 보였다. 저 위에서 보는 풍경이 얼마나 아름다울까. 그 기대감 하나로 한 걸음 한 걸음 올랐다.

　　20분쯤 올랐을까. 나는 잠시 멈춰 서서 뒤를 돌아봤다. 숨이 멎었다. 내가 걸어온 발자국들이 모래언덕 위에 선명한 궤적을 남기고 있었다. 그리고 그 너머로 끝없이 이어지는 붉은 모래 산맥이 물결치듯 펼쳐져 있었다. 마치 거대한 파도가 정지된 듯한 풍경. 어떤 인간의 손도 닿지 않은, 자연만이 빚어낸 순수한 곡선들이었다.

태양은 이미 서쪽으로 기울기 시작했고, 그 빛이 모래언덕의 한쪽 면을 밝게 비추고 있었다. 빛을 받은 면은 황금빛에 가까운 주황색으로 빛나고, 그늘진 반대편은 깊은 자줏빛에 가까운 갈색을 띠었다. 이 극명한 대조가 만들어내는 명암의 경계선은 칼날처럼 날카로웠다. 마치 조명 감독이 완벽하게 설계한 무대 같았다.

드디어 능선에 올랐다. 바람이 거세게 불어왔다. 대서양에서 불어오는 바람은 밤새 이 모래언덕의 능선을 다시 빚어낼 것이다. 내일 아침이면 내 발자국은 모두 사라지고, 이 능선은 또 다른 모습으로 변해 있을 것이다. 영원히 변하면서도 영원히 같은 모습으로 남는 것. 그것이 이 사막이 8천만 년을 존재할 수 있었던 이유일까.

일몰이 시작되다

능선에 앉아 해가 지는 방향을 바라봤다. 저 멀리 지평선 너머 150킬로미터 떨어진 곳에 대서양이 있다. 볼 수는 없지만 느낄 수 있었다. 벵겔라 한류의 영향으로 생긴 안개가 희미하게 하늘을 뒤덮고 있었고, 그 안개 사이로 태양이 천천히 내려가고 있었다. 오후 5시 30분. 본격적인 일몰이 시작되었다. 태양은 처음에는 하얗게 빛났다. 너무 밝아서 직접 쳐다볼 수 없을 정도였다. 하지만 시간이 지나면서 그 빛은 점점 부드러워졌다. 하얀색은 노란색으로, 노란색은 주황색으로, 주황색은 다시 짙은 주홍빛으로 변해갔다.

가장 놀라운 것은 하늘의 색이었다. 태양 주변은 불타

는 듯한 붉은색이었지만, 그 위로는 연한 분홍색, 보라색, 그리고 깊은 남색이 층을 이루며 펼쳐졌다. 마치 거대한 캔버스에 누군가가 조심스럽게 물감을 번지게 한 것 같았다. 색과 색의 경계가 명확하지 않고, 자연스럽게 서로 녹아들어 가는 모습이 숨이 멎을 만큼 아름다웠다. 그리고 그 빛이 모래언덕을 물들이기 시작했다. 원래도 붉었던 모래는 이제 불타오르는 듯했다. 어떤 부분은 금빛으로 빛나고, 어떤 부분은 장밋빛을 띠었으며, 그늘진 부분은 보랏빛에 가까운 자주색으로 변했다. 빛이 닿는 각도에 따라 같은 모래언덕도 수십 가지 색으로 변하는 것을 보면서, 나는 자연이 만들어내는 팔레트의 풍부함에 그저 경탄할 수밖에 없었다.

고요 속의 깨달음

능선에는 나를 포함해 서너 명의 사람들이 있었다. 모두가 말없이 앉아 같은 방향을 바라보고 있었다. 이상하게도 아무도 말을 하지 않았다. 카메라 셔터 소리조차 어느 순간부터 들리지 않았다. 이 순간을 사진으로 담으려는 시도조차 무의미하게 느껴지는 것 같았다.

그저 이 순간을 온전히 느끼고, 받아들이고, 내 안에 새기고 싶었다. 바람이 불 때마다 모래가 능선을 타고 흘렀다. 사각사각 모래가 움직이는 소리가 들렸다. 그 소리마저 음악처럼 느껴졌다. 8천만 년 동안 이 사막에서 울려 퍼진 소리. 공룡이 살던 시대부터, 인류가 태어나기 훨씬 전부터, 이 소리는 여기에 있었다. 나는 지금 그 긴 시간의 한순간을 경험하고 있는 것이다.

태양이 지평선에 닿았다. 그 순간, 빛의 강도가 한층 더 깊어졌다. 세상 모든 붉은색이 저 하늘에 모인 것 같았다. 나는 무의식적으로 숨을 참고 있었다. 이 순간이 영원했으면 좋겠다고 생각했다. 동시에 이 순간이 결코 영원할 수 없다는 것도 알았다. 바로 그것이 이 순간을 더욱 소중하게 만들었다.

문득 내 인생이 떠올랐다. 나는 이제껏 무엇을 위해 살아왔을까. 성공이라는 이름으로, 성취라는 목표로, 나는 얼마나 많은 순간들을 놓쳐왔을까. 이 사막에 오기 위해 나는 꽤 오랜 시간을 준비했고, 먼 거리를 여행했으며, 적지 않은 비용을 지불했다. 하지만 지금 이 순간, 그 모든 것이 전혀 아깝지 않았다. 아니, 오히려 내 인생에서 가장 값진 투자였다는 생각이 들었다.

소중하고 확실한 행복

소확행. 작지만 확실한 행복. 이 말을 처음 들었을 때
는 그저 트렌디한 신조어 정도로만 생각했다. 하지만 지
금, 나미브 사막의 모래언덕 위에서 일몰을 바라보며,
나는 이 말의 진정한 의미를 깨달았다. 행복은 거창한
성취나 목표 달성에만 있는 것이 아니다. 오히려 이렇
게 고요한 순간, 자연 앞에 한없이 작아지는 나를 느끼
는 이 순간에 더 깊은 행복이 있다.

태양의 반이 지평선 아래로 사라졌다. 하늘은 이제 더
깊은 붉은색과 보라색으로 물들었다. 구름 한 점 없는 하
늘이 마치 거대한 스테인드글라스 같았다. 빛이 통과하
면서 만들어내는 색의 향연. 어떤 화가도, 어떤 사진작
가도, 어떤 말로도 표현할 수 없는 아름다움이었다. 이
순간은 오직 나만의 것이다. 내 눈으로 보고, 내 심장으
로 느끼고, 내 영혼으로 받아들인 이 경험은 세상 그 누
구와도 완벽하게 공유할 수 없다. 그것이 이 순간을 더
욱 특별하게 만들었다. 나는 지금 나만의 보물을 발견

한 것이다. 생각해 보면 내가 이곳까지 오게 된 것은 단순한 호기심 때문이었다. 어느 잡지에서 본 사진 한 장이 내 마음을 사로잡았고, 그 사진 속 장소가 바로 여기였다. '언젠가는 꼭 가봐야지'라고 생각한 지 3년 만에 나는 드디어 이곳에 왔다. 3년이라는 시간이 결코 짧지 않았지만, 지금 돌이켜보면 그 기다림마저 이 순간의 일부였던 것 같다.

시간이 멈춘 순간

　태양이 완전히 지평선 아래로 사라지는 순간, 하늘에서 마지막 빛의 폭발이 일어났다. 주황색이 노란색으로, 노란색이 다시 붉은색으로 변하면서 하늘 전체가 타오르는 듯했다. 그 빛은 겨우 몇 분간만 지속되었다. 하지만 그 몇 분이 영원처럼 느껴졌다. 시간이 멈춘 것 같았다. 그리고 빛은 천천히 약해지기 시작했다. 밝았던 하늘이 점점 어두워지고, 붉은색은 보라색으로, 보라색은 남색으로, 남색은 마침내 짙은 청색으로 변해갔다. 모래 언덕도 그 빛을 잃어갔다. 타오르던 붉은색은 가라앉고, 능선의 날카로운 경계선은 부드러워졌다.

별들이 하나둘 나타나기 시작했다. 대기가 맑고 건조한 사막에서 보는 별은 도시에서 보던 것과는 차원이 달랐다. 마치 손만 뻗으면 닿을 것 같았다. 은하수가 하늘을 가로질러 흐르고 있었다. 나는 그제야 내가 얼마나 작은 존재인지 실감했다. 이 우주의 한 점, 이 은하의 한 먼지, 이 별의 표면에 사는 수십억 명 중 한 명. 하지만 이상하게도 그 깨달음이 두렵거나 쓸쓸하지 않았다. 오히려 위안이 되었다. 내가 지금 걱정하는 것들, 고민하는 것들, 불안해하는 것들이 얼마나 사소한지 느껴졌다. 8천만 년 동안 존재해 온 이 사막 앞에서, 수십억 광년 떨어진 별빛 아래에서, 나의 걱정은 한낱 모래알만큼이나 작은 것이었다. 하지만 동시에, 바로 그렇기 때문에 지금 이 순간이 더욱 소중하다는 것도 알았다. 나의 인생도, 나의 시간도, 나의 경험도 모두 유한하고 덧없다. 바로 그렇기 때문에 더욱 아름답고 가치 있는 것이다.

하산하며 든 생각

모래언덕을 내려오는 길은 올라갈 때보다 훨씬 쉬웠다. 능선에서 달리듯 미끄러져 내려오면 금방 아래에

도착할 수 있었다. 하지만 나는 천천히 걸었다. 이 경험이 끝나는 것이 아쉬웠기 때문이다. 맨발로 밟는 모래의 감촉이 좋았다. 아직 낮의 열기가 남아 있는 부드러운 모래가 발바닥을 감싸는 느낌. 이 감각을 잊지 않으려고 애썼다. 언젠가 다시 힘든 일이 생기거나 지칠 때, 이 감촉을 떠올리면 위안이 될 것 같았다.

주차장으로 돌아가는 차 안에서 나는 창밖을 바라봤다. 어둠 속에서도 모래언덕의 실루엣이 보였다. 별빛을 받아 희미하게 빛나는 능선. 내일 아침이면 저곳에서 또 다른 여행자들이 일출을 볼 것이다. 그들도 나처럼 감동할까. 그들도 나처럼 자신의 인생을 돌아볼까. 그들도 나처럼 행복을 느낄까. 아마 그럴 것이다. 이 사막은 8천만 년 동안 이곳을 찾는 모든 이들에게 같은 선물을 주었을 것이다. 고요함과 경이로움, 그리고 자신을 돌아볼 수 있는 시간. 이것은 돈으로 살 수 없는 것이고, 다른 사람이 대신해 줄 수 없는 것이며, 오직 스스로 경험해야만 얻을 수 있는 것이다.

일상으로 돌아가며

나미비아를 떠나 서울로 돌아오는 비행기 안에서, 나는 창밖을 바라보며 생각했다. 나는 이제 일상으로 돌아갈 것이다. 출근하고, 일하고, 퇴근하고, 잠들고, 다시 일어나는 반복적인 삶. 하지만 이제는 그 일상이 전과 같지 않을 것이다. 왜냐하면 나는 나미브 사막의 일몰을 보았기 때문이다. 그 경험은 내 안에 하나의 기준점이 되었다. 무언가 힘들거나 지칠 때, 나는 그 일몰을 떠올릴 것이다. 8천만 년 동안 변하지 않고 존재해 온 사막의 고요함을. 매일 반복되지만 결코 같은 모습이 아닌 일몰의 경이로움을. 그리고 그 앞에서 한없이 작아지면서도 동시에 완전해지는 나 자신을.

소확행은 거창한 것이 아니다. 세계 일주를 하거나, 높은 산을 오르거나, 특별한 무언가를 성취하는 것만이 행복은 아니다. 오히려 일상 속에서 발견하는 작은 아름다움, 그것을 온전히 느끼고 즐길 줄 아는 마음이 진정한 행복이다. 나미브 사막의 일몰은 그것을 가르쳐주었다. 하지만 때로는 일상을 벗어나야 한다는 것도 배웠다. 일상 속에 갇혀 있으면 우리는 쉽게 관성에 젖는다. 매일 같은 길을 걷고, 같은 생각을 하고, 같은 걱정을 한다. 그러다 보면 우리가 얼마나 넓은 세상에 살고 있는지, 얼마나 많은 아름다움이 우리를 기다리고 있는지 잊어버린다. 나미브 사막으로의 여행은 그런 의미에서 나에게 재설정 버튼 같은 것이었다. 모든 걱정과 스트레스를 리셋하고, 내가 진짜 원하는 것이 무엇인지, 내가 진짜 소중히 여기는 것이 무엇인지 다시 생각해 볼 수 있는 시간. 그리고 그 답을 찾는 과정에서 나는 더 나은 나를 발견했다.

마음에 남은 것들

지금도 가끔 눈을 감으면 그 장면이 떠오른다. 붉게 타오르던 하늘, 황금빛으로 빛나던 모래언덕, 칼날처럼 날카로웠던 능선의 경계선. 그리고 그 모든 것을 감싸던 고요함. 그 고요함 속에서 내가 느꼈던 평화로움. 그 순간 나는 완벽하게 현재에 존재했다. 과거의 후회도, 미래의 불안도 없었다. 오직 지금, 이 순간, 여기에만 존재했다. 명상이나 요가를 통해 얻으려 했던 그 상태를 나는 자연스럽게 경험했다. 아무런 노력 없이, 그저 그곳에 있는 것만으로. 이것이 여행의 힘이다. 새로운 장소,

새로운 경험은 우리를 일상의 틀에서 벗어나게 한다. 그리고 그 틀에서 벗어나는 순간, 우리는 새로운 자신을 발견한다. 평소에는 보지 못했던 자신의 모습, 잊고 있었던 감정, 잃어버렸다고 생각했던 감수성을 되찾는다.

나미브 사막에서 나는 내가 얼마나 아름다움에 감동할 줄 아는 사람인지 재발견했다. 도시의 일상 속에서는 쉽게 무뎌지는 감각들이 그곳에서는 날카롭게 살아났다. 색의 미묘한 변화, 빛의 각도 변화, 바람의 세기 변화까지도 모두 의미 있게 느껴졌다.

지구 소확행의 의미

나는 이 시리즈를 '지구 소확행'이라고 이름 붙였다. 지구라는 이 아름다운 행성에서 발견하는 작지만 확실한 행복들. 그것을 기록하고 공유하고 싶었다. 우리가 사는 이 세상은 생각보다 훨씬 아름답다는 것을. 그 아름다움은 어디에나 있고, 누구나 발견할 수 있다는 것을. 물론 나미브 사막까지 가는 것이 모두에게 가능한 일은 아니다. 시간도, 비용도, 체력도 필요하다. 하지만 중요한 것은 장소가 아니라 마음가짐이다. 나미브 사막이 아니더라도, 동네 뒷산에서도, 집 근처 공원에서도, 심지어 집 창문으로 보이는 하늘에서도 우리는 아름다움을 발견할 수 있다.

다만 때로는 멀리 떠나는 것이 필요하다. 낯선 곳에서 느끼는 설렘과 긴장감, 그리고 그곳에서 마주하는 압도적인 자연 앞에서 우리는 더 쉽게 겸손해지고, 더 쉽게 감동한다. 일상의 필터가 벗겨지고, 날것의 감정과 감각을 경험할 수 있다. 나미브 사막의 일몰은 내게 그런 경험이었다. 그리고 그 경험은 단순히 '아름다운 광경을 봤다'는 것 이상의 의미를 가진다. 그것은 내 인생의 방향을 다시 생각하게 만든 계기였고, 내가 진짜 중요하게 여기는 가치가 무엇인지 깨닫게 한 순간이었으며, 무엇보다 내가 살아있음을 온전히 느낀 시간이었다.

끝나지 않은 여행

여행은 끝났지만 여정은 계속된다. 나미브 사막에서 배운 것들을 일상에 적용하려 노력한다. 작은 것에 감사하기, 현재에 집중하기, 자연의 리듬을 존중하기. 쉽지 않다. 여전히 바쁘고, 여전히 걱정거리가 있고, 여전히 스트레스를 받는다. 하지만 예전과는 다른 점이 있다. 이제 나는 언제든 돌아갈 수 있는 곳이 있다는 것을 안다.

그곳은 물리적인 장소가 아니다. 마음속 어딘가에 있는, 평화로운 공간이다. 모래언덕 위에 앉아 일몰을 바라보던 그 순간의 나. 그 감각, 그 감정, 그 깨달음은 여전히 내 안에 살아있다. 힘들 때마다 나는 그곳으로 돌아간다. 눈을 감고 심호흡을 하면, 다시 그 모래언덕 위에 서 있는 것 같다. 이것이 여행이 주는 또 다른 선물이다. 그것은 단지 그곳에 있을 때만의 경험이 아니라, 평생 간직하고 돌아갈 수 있는 내면의 안식처가 된다. 나미브 사막의 일몰은 이제 내 마음속 깊은 곳에 자리 잡았다. 언제든 필요할 때 꺼내 볼 수 있는 보물처럼. 돌이켜보면 그날 저녁, 모래언덕 위에서 나는 단순히 아름다운 일몰을 본 것이 아니었다. 나는 나 자신과 만났다. 바쁜 일상 속에서 잊고 지냈던 진짜 나와. 그리고 그 만남은 내게 큰 위안이 되었다. 나는 여전히 감동할 줄 알고, 경이로워할 줄 알고, 아름다움 앞에서 겸손해질 줄 아는 사람이라는 것을 확인했다.

세상은 여전히 복잡하고 어렵다. 하지만 나미브 사막

의 일몰처럼, 그 복잡함 속에서도 순수한 아름다움의 순
간들이 있다는 것을 나는 안다. 그리고 그 순간들을 발
견하고 즐기는 것, 그것이 바로 진정한 소확행이며, 삶
을 살아갈 만한 가치가 있게 만드는 것이다.

나미브 사막의 붉은 모래는 8천만 년 동안 그곳에 있
었고, 앞으로도 수백만 년 더 그곳에 있을 것이다. 나의
삶은 그 긴 시간에 비하면 찰나에 불과하다. 하지만 그
찰나 동안, 나는 그 영원한 아름다움을 목격했다. 그리
고 그것만으로도 내 인생은 충분히 풍요롭고 의미있다.

다시, 그 길 위에서

20년 전 9월, 나는 여행사 팀장으로 처음 캐나다 로키를 밟았다. 밴프와 재스퍼, 레이크 루이스, 요호 국립공원까지 – 그 시절의 로키는 내게 늘 '일정표 안의 풍경'이었다. 손님들을 챙기느라 바빠 제대로 숨을 돌리지 못했지만, 그럼에도 그 푸른 호수와 하얀 산맥의 장엄함은 내 마음속 어딘가 깊이 남아 있었다. 그로부터 20년이 흘렀다. 이번엔 팀장이 아니라, 한 사람의 여행자로, 한 가족의 가장으로, 다시 로키를 찾았다. 이번엔 단체 버스 대신 RV(모터홈) 한 대. 정해진 스케줄도, 가이드의 안내 방송도 없는, 온전히 우리만의 여행이었다. 아이들과 함께 지도 위를 펼쳐놓고 이야기했다. "여긴 곰이 나온대." "여긴 별이 쏟아진대." 그 순간, 이미 여행은 시작되고 있었다.

캘거리, 출발의 도시

밴쿠버를 경유하던 예전과 달리, 이젠 웨스트젯 항공이 5월부터 10월까지 성수기 동안 인천 캘거리 직항을 운항한다. 그 덕에 로키로 향하는 길은 훨씬 가까워졌다. 공항 근처 RV 렌터 매장에는 각양각색의 모터홈이 줄지어 서 있었다. 우리가 예약한 건 24피트짜리 RV. 아이들에게는 작은 우주선 같았고, 우리 부부에게는 다시 젊어지는 듯한 새로운 도전이었다.

우리 회사가 미국/캐나다에서 제일 큰 RV 렌탈회사 CruiseAmerica의 한국 에이전트라 온라인보다 훨씬 싸게 예약해서 살짝 기분이 좋은 출발이었다. 운전대를 잡으며 말했다. "오늘부터 여기가 우리 집이야." 창밖엔 끝없이 펼쳐진 대평원, 그리고 저 멀리 하얀 산줄기. 그 산맥의 실루엣이 점점 선명해질수록 가슴이 묘하게 뜨거워졌다.

밴프의 첫 밤, 모닥불 위의 웃음

밴프에 도착하자, 맑은 공기 속에 소나무 냄새가 섞여 있었다. 터널 마운틴 캠핑장(Tunnel Mountain

Campground)에 RV를 세웠다. 엔진이 멈추는 순간, 세상도 함께 멈춘 듯했다. 아내는 마트에서 사온 식재료를 손질했고, 아이들은 바비큐 그릴에 불을 붙였다. 저녁노을이 붉게 물든 하늘 아래, 우린 모닥불을 피우고 마시멜로를 구웠다. "아빠, 여기서 며칠만 더 살면 안 돼?" 그 말에 나는 웃으며 대답했다. "그럴까? 내일도 여기에 있자." 모닥불의 불꽃이 하늘로 올라갔다. 바람 한 점 없는 밤, 별들이 차곡차곡 쌓이는 소리가 들렸다. 그때 깨달았다. 이건 여행이 아니라, 우리가 함께 머무는 '시간의 집'이었다.

호수에 비친 우리

이른 아침, RV 창문을 여니 서늘한 공기 속에 소나무 향이 밀려들었다. 레이크 루이스(Lake Louise)로 향하는 길은 햇살이 부드럽게 내리쬐며, 도로 양옆으로 안개가 살짝 내려앉아 있었다. 호숫가에 서니, 세상 모든 색이 다 사라지고 오직 옥빛만 남아 있는 듯했다. 호수는 말없이 빛났고, 그 위에 구름이 천천히 흘렀다. "이게 진짜 하늘색이야?" 아이가 물었다. 나는 대답 대신

 길 위에서 발견한 작은 행복

고개를 끄덕였다. 이 풍경 앞에서 어떤 말도 부족했다. 잠시 후 모레인 호수(Moraine Lake)로 향했다. 돌길을 따라 걸으며 물빛을 올려다보았다. 그 푸른 빛은 사람의 마음을 조용히 흔드는 힘이 있었다.

바람 한 줄기에도 물결이 잔잔히 움직였고, 그 위로 산의 그림자가 출렁였다. 호수 옆 벤치에 앉아 아내가 가져온 커피를 나눠 마셨다. 뜨거운 김 사이로 산봉우리들이 서 있었다. 그 순간, 세상은 고요했고, 우린 완벽히 행복했다.

요호, 빗속의 평화

다음날은 흐리고, 비가 내렸다. 요호 국립공원으로 향하던 길, 유리창을 두드리는 빗소리가 이상할 만큼 포근하게 들렸다. 에메랄드 호수(Emerald Lake)는 비에 젖어 더 깊은 초록빛으로 빛났다. RV 안에서 짜파게티를 끓이며, 우린 빗소리를 배경 음악 삼아 식사를 했다. 작은 조리대, 좁은 공간, 간소한 식기. 그럼에도 불구하고, 그 시간만큼은 어느 레스토랑보다 완벽했다. 비가 그치자, 호수 위에 무지개가 걸렸다. 아이들이 창문을 두드리며 외쳤다. "무지개야!" 그 소리에 나도 모르게 카메라를 내려놓았다. 사진보다 중요한 건, 지금 이 순간이었다.

아이스필드 파크웨이, 지구의 맥박 위를 달리다

밴프에서 재스퍼로 향하는 아이스필드 파크웨이(Icefields Parkway). 세계에서 가장 아름다운 도로라 불리는 길이다. 좌우로 끝없이 이어진 산맥과 빙하, 호수. 그 모든 것이 너무도 가까워서 RV 창밖으로 손을 뻗으면 닿을 것만 같았다. 페이토 호수(Peyto Lake) 전망대에 올랐을 때, 호수는 늑대의 형상을 하고 있었다. 하늘과 산, 물이 한데 이어지는 장면에서 우린 모두 숨을 죽였다. 이 풍경은 '본다'기보다 '마주한다'는 표현이 더 어울렸다. 점심은 RV 안에서 끓인 신라면이었다. 빙하 바람이 불어오는 자리에서, 뜨거운 국물 한입이 이토록 위로가 될 줄은 몰랐다. 아이들은 "세상에서 제일 맛있어!"라며 웃었다. 그 웃음이 호수 위로 번졌다. 역시 마무리는 신라면이지.

재스퍼, 별빛 아래에서

재스퍼(Jasper)에 들어서자 공기가 달라졌다. 산의 냄새가 더 짙고, 하늘이 더 높았다. 말린 호수(Maligne Lake)를 따라 걷다가 햇살에 반짝이는 물결을 보며 멈춰 섰다. 그곳에서, 우리는 아무 말도 하지 않았다. 그저 손을 잡고 걸었다. 밤이 되자, 재스퍼의 하늘은 별로 가득 찼다. 도시의 불빛이 사라진 하늘, 별들은 믿기 어려울 만큼 선명했다. 아이들은 돗자리를 깔고 누워 별자리를 찾았다. "저건 북두칠성, 저건 오리온자리." 그들의 목소리 사이로 바람이 지나가고, 숲이 숨 쉬었다. 그 순간, 아내가 말했다. "우리, 이렇게 함께 있는 게 참 좋다." 그 말이 하늘에 닿아, 별빛이 조금 더 밝아진 듯했다.

힌튼, 자연의 숨결

여행 8일째, RV는 힌튼(Hinton)으로 향했다. 도로 옆 풀숲에서 검은 그림자가 스쳤다. 곰이었다. 모두가 숨을 죽였다. 그 곰은 천천히 풀을 뜯더니 잠시 우리 쪽을 바라보고는 그대로 숲속으로 사라졌다. 공포보다는 경외심이 밀려왔다. '우린 지금, 진짜 자연 속에 있구나.' 그날 저녁, 캠핑장 근처의 개울에서 아이들과 돌다리를 건넜다. 물살 위로 햇살이 반짝였다. 그 한 장면이 오래 기억에 남았다. 도시에서는 쉽게 만날 수 없는, 자연의 시간이었다.

귀로의 침묵

캘거리로 돌아오는 길, RV 안은 고요했다. 누구도 말하지 않았지만, 모두의 마음은 같았다. '이 시간을 더 붙잡고 싶다.' 엔진을 끄는 순간, RV 안의 공기가 달라졌다. 그 안엔 10일간의 웃음, 대화, 여유, 그리고 사랑이 남아 있었다. 작은 공간에서 부딪히고 웃고, 서로를 더 깊이 이해하게 된 시간이었다.

소확행, 그 이름의 여행

집으로 돌아온 지 며칠이 지났지만, 아직도 머릿속에는 모레인 호수의 푸른빛, 재스퍼의 별빛, 그리고 RV 안의 커피 향이 남아 있다. 이 여행은 화려하지 않았다. 호텔도, 쇼핑도, 럭셔리한 레스토랑도 없었다. 그 대신 작고 확실한 행복이 있었다. 아이들과 함께 요리하고, 비 오는 날 RV 안에서 수다 떨고, 밤하늘 아래서 서로의 온기를 느끼는 순간. 그건 단순한 여행이 아니라, 삶이 선물한 '멈춤의 시간'이었다. '소확행'이란 결국 이런 게 아닐까. 누군가와 함께, 조용히 웃고, 천천히 걷고, 같은 하늘 아래 머무는 것. 그게 바로 세상에서 가장 소중하지만 확실한 행복이었다.

(**Part II**)

예술과 도시의 소확행

안도 타다오의 건축 여행

– 예술이 일상이 되는 섬, 일본 나오시마

인천에서 오카야마로

8월 광복절 오전이었다. 인천공항에서 오카야마로의 1시간 30분. 짧은 비행이었다. 오카야마 공항에 도착해서 렌터카를 빌린 후 내비게이션을 켜고 우노항으로 향했다. 약 1시간 거리. 우노항에서 나오시마로 가는 페리가 있다. 약 20분이면 도착한다. 차를 페리에 실어두고 선실로 올라오니 출항했다. 갑판에 나가 바다를 봤다. 세토나이카이의 섬들이 점점이 보였다. '드디어 나오시마다.' 그냥 설렜다.

미야노우라항, 빨간 호박과의 만남

미야노우라항에 내리자마자 빨간 호박이 보였다. 우리가 잘 아는 호박의 대명사 쿠사마 야요이의 작품이다. 어린 시절 미국에서의 독특한 활동으로도 유명한 그녀

이다. 물방울무늬로 가득한 빨간 호박. 사진으로만 보던 걸 실물로 보니 신기했다. 생각보다 컸다. 높이 2미터는 족히 되어 보였다. 사람들이 줄 서서 사진 찍고 있었다. 나도 찍었다. 항구 주변은 한적했다. 작은 섬마을 느낌. 그 명성에 비해 오히려 관광지 같지 않은 조용함이 좋았다. 렌터카로 이동을 시작했다. 섬은 생각보다 작았다. 둘레 16km, 인구 약 3,600명. 항구에 도착하니 자전거를 빌려주는 곳이 곳곳에 있네…. 자전거로 섬을 돌아보는 것도 꽤 기분 좋은 경험일 듯하군.

자연과 예술의 공생

첫 번째 목적지는 베네세하우스 뮤지엄. 우리에게 너무나 유명한 일본 건축가 안도 타다오가 설계한 곳이다. 한국에는 원주의 뮤지엄산이 그의 작품인데, 대충 봐도 결이 같은 미술관 겸 호텔이다. 숙박하지 않아도 미술관은 입장할 수 있다. 차이라면 투숙객은 무료이고 방문자는 유료다. 주차장에 차를 세우고 들어갔다.

노출 콘크리트 벽. 안도 타다오의 트레이드마크다. 곡선과 직선이 만나는 지점. 빛이 들어오는 방식. 하나하나가 완벽히 계산된 느낌이었다. 이곳의 작품들은 작가들이 직접 나오시마에 와서 자연과 섬 환경에서 영감을 얻어 만든 것들이다. 장소 특정적 작품(Site Specific Art) 개념이 담겨 있다.

미술관 안팎에 작품들이 있었다. 건물 안에 있는 작품도 좋았지만, 창밖으로 보이는 세토 나이카이 바다 풍경도 작품 같았다. 테라스에 나가자 바다가 펼쳐졌고 바람이 불었다. 햇빛이 강했다. '여기서 하루 묵으면 좋겠다.' 그런 생각이 들었다. 하지만 베네세 하우스 숙박비는 만만하지 않다. 다음 기회에 다시 도전 하는걸로.

지중미술관 – 땅속의 빛

　지중미술관. 말 그대로 땅속에 있는 미술관으로 2004년에 개관했다. 안도 타다오가 경관을 해치지 않기 위해 지하에 설계했다. 입구로 가는 길에 연못이 있었다. '지추의 정원'이라 불리는 곳으로 모네의 지베르니 정원을 본떠 만들었다. 수련이 피어 있었고 아치형 목조 다리도 있었다. '아, 이건 준비 과정이구나.' 미술관 감상을 위한 예열이었다. 예약 시간이 됐다. 직원이 나와 입장권을 확인하고 안으로 안내했다. 지중미술관에는 클로드 모네의 수련 5점, 제임스 터렐의 작품, 월터 드 마리아의 작품이 영구 전시되어 있다. 이게 전부다.

　먼저 모네의 방으로 갔다. 흰 대리석으로 구성된 공간. 벽 모서리가 둥글게 처리되어 있었다. 천장에서 자연광이 들어왔다. 수련 그림 5점이 벽에 걸려 있었다. 처음엔 '그냥 수련 그림이네' 싶었지만 계속 보게 됐다. 자연광이 시간에 따라 달라지고, 그림도 다르게 보였다. 30분 전과 후가 다르다면 나만의 상상일까? 누군가 '인상주의의 대표 주자이자 빛을 그림으로 그리려 했던 모네의 작품을 인공조명 아래서 보는 건 말이 안 된다.'라고 했던 그 말이 공감되었다. 이 작품은 순회가 불가능하다. 오직 이 공간, 이 빛에서만 제대로 볼 수 있다. 나오시마에서만 경험할 수 있는 것. 신발을 벗고 들어가 바닥에 앉아 한참을 머물렀다.

다음은 제임스 터렐의 방. 오픈 필드(Open Field). 처음엔 벽에 파란색을 영사한 것처럼 보였다. 그런데 가까이 가니 그 안으로 들어갈 수 있었다. 빛의 작품이었다. 설명하기 어렵다. 직접 봐야 한다. 월터 드 마리아의 방도 인상적이었다. 거대한 공간에 구가 놓여 있었다. 미술관 그 자체와 완벽하게 어울렸다. 이 작품을 위해 미술관이 지어진 것 같았다. 지중미술관을 나오자 햇빛이 눈부셨다. 음 너무 좋은데 뭐라고 감상평을 쓰기 어려운 건 내가 미술 무식자여서겠지? 그런 생각이 들었다.

이우환 미술관 - 한국 작가의 공간

이우환 미술관. 한국 작가 이우환과 안도 타다오의 협업으로 2010년에 만들어졌다. 일본 섬에 한국 작가 전용 미술관이 있다는 게 너무 신기하고 반가웠다. 입구부터 조용했다. 콘크리트 벽과 자연이 어우러졌다.

안으로 들어갔다. 첫 번째 공간. '조응의 광장'. 철판 하나와 돌덩이 하나가 놓여 있었다. 그게 전부였다. '이게 뭐지?' 역시 나는 미술 무식자? 처음엔 이해가 안 됐지만 계속 보게 됐다. 돌은 자연의 상징. 철판은 인간이 만든 산업화의 상징. 자연과 인공이 만나 교감하고 소통하는 상황. 아 그 메시지구나. 단순하지만 강렬하달까? 다른 방들도 둘러봤다. 철판, 돌, 빛, 그림자. 최소한의 요소들. 창밖으로 바다가 보였다. 작품과 바다가 겹쳐졌다. '이 미술관을 여기에 지은 이유를 알겠다.' 나오시마의 자연과 이우환의 작품이 완벽하게 맞았다.

혼무라 지구 – 집 프로젝트

혼무라 지구. 마을 사람들이 떠나면서 생긴 빈집을 예술가들이 작품으로 만든 곳이다. 집 프로젝트(Art House Project)라고 부른다. 1998년 카도야를 시작으로 미나미데라, 긴자, 고오신사, 이시바시, 고카이소, 하이샤 등 7개 공간으로 구성되어 있다. 혼무라 라운지에서 통합 입장권을 사서 좁은 골목길의 오래되고 조용한 일본 시골 마을 풍경을 감상하며 걸었다. 건물 외벽에 그을린 나무가 많았는데 해풍과 병충해에 강해지기 위해서 일부러 그렇게 한 거라고 한다. 자연에서 얻은 지혜로군. 첫 번째로 간 곳은 미나미데라. 제임스 터렐의 작품 '달의 뒷면(Backside of Moon)'. 안도 타다오가 버려진 절을 개조했다. 일정 인원을 정해진 시간에만 입장시킨다. 입구에서 줄을 서서 기다렸다. 자원봉사자가 손을 잡아줬다. 안으로 들어갔다. 칠흑 같은 어둠이었다. 아무것도 보이지 않았다. 벽을 더듬으며 천천히 걸었다. 촉각과 청각에만 의존했다. 시간이 흘렀다. 5분? 10분? 서서히 눈이 어둠에 적응했고 희미하게 뭔가 보이기 시작했다. 빛의 형체가 드러나니 신비로웠다. 어둠 속에서 빛을 체험하는 시간. 빛의 존재를 곱씹어 보게 하는 특별한 경험이었다. 밖으로 나왔다. 햇빛이 너무 밝았다. 잠시 눈을 감았다.

다른 집들도 돌아봤다. 카도야. 집 안에 물을 채우고 디지털 숫자가 점멸한다. 주민들이 생각하는 각자의 시간 속도를 반영한 작품이다. 이시바시. 소금 생산으로 번영했던 집. 폭포 그림이 있는 방은 예전 창고였다. 자연광만으로 작품을 감상하게 했다.

안도 뮤지엄. 약 100년 된 목조 건물 안에 콘크리트 상자가 들어가 있다. 과거와 현재, 나무와 콘크리트, 빛과 그림자의 대조. 집에서 집으로 이동하면서 마을 구석구석을 걸었다. 작품을 보는 것도 좋았지만, 마을을 걷는 것 자체가 즐거웠다. 오래된 일본 섬마을의 분위기를 느낄 수 있었다.

신안 섬티아고 길들을 걸으면서 지나쳤던 마을들이 생각나네… 우리나라도 이렇게? 고양이들이 많았다. 골목 여기저기에서 느긋하게 누워 있거나 걸어 다녔다. 작은 가게도 있었다. 오래된 흔적이 그대로 남아 있는 곳들. '이게 나오시마의 매력이구나.' 거창한 미술관도 좋지만, 이렇게 일상 속에 녹아든 예술이 더 좋았다.

츠츠지소, 노란 호박

섬 반대편 츠츠지소 근처 해변으로 갔다. 노란 호박이 있는 곳이다. 부두 끝에 노란 호박이 서 있었다. 바다를 배경으로. 빨간 호박과는 또 다른 느낌의 노란색이 햇빛에 반짝였다.

쿠사마 야요이에게 호박은 특별한 존재다. 어린 시절 가족 농장에서 느꼈던 안정과 위안. 그녀는 호박을 '인생의 동반자'라고 불렀다. 사진 몇 장 찍었다. 사람들이 줄 서서 찍고 있었다. 바다는 파도가 잔잔했고 저 멀리 섬들이 보였다. '여기 진짜 좋다.' 그냥 앉아서 한참 바다를 봤다.

세토우치 트리엔날레

세토우치 트리엔날레 기간이었다. 3년마다 한 번 열리는 국제 예술제. 곳곳에 새로운 작품들이 추가로 설치되어 있어서 지도를 보며 찾아다니는 재미가 있었다. 임시 전시관도 있어서 각국 작가들의 작품을 볼 수 있었다. 축제 기간이라 사람이 많아서 평소보다 훨씬 붐볐다고 했지만 복잡하진 않았다.

저녁, 우미코에서의 행복

오후 6시쯤 됐다. 하루 종일 미술관만 돌아다녔더니 배가 고팠다. '철판요리 먹고 싶다.' 구글에 물어보니. 우미코(Umikko)라는 식당이 나왔다. 혼무라 지구 근처 작은 식당이었다. 로컬 느낌의 관광객보다 현지 주민들이 더 많아 보였다. 들어가니 "이랏샤이마세!" 60대 정도로 보이는 주인아저씨가 나를 반겼다. 카운터 자리에 앉으니 눈앞에 큰 철판이 있었다. 메뉴가 온통 일본어였지만 사진이 좀 있어서 다행이었다. 꼬치 몇 개, 돼지와 닭고기, 그리고 야채와 오코노미야키와 맥주까지 한 잔을 주문했다.

주인아저씨가 철판 위에서 요리를 시작했다. 지글지글 소리가 났고 기름이 튀었고 연기가 피어오르니 냄새가 좋았다. 꼬치가 먼저 나와 한입 베어 물으니 '맛있다.' 짜지도 싱겁지도 않게 간이 딱 맞았다. 육즙이 살아 있었다. 시원한 맥주를 한 모금 마셨다. 꼬치랑 완벽하게 맞았다. 오코노미야키가 나왔다. 철판에서 지글지글 익은 그대로. 양배추, 고기, 해산물이 들어간 일본식 철판요리. 오코노미야키 소스, 마요네즈, 가쓰오부시(가다랑어

포)를 얹어 먹는다. 첫입을 떴다. '와.' 양배추 식감은 아삭했고 반죽은 부드러웠다. 가쓰오부시가 열기에 살랑살랑 움직였다. 맥주 또 한 모금. '이거다.' 이 맛이었다.

미술관에서 본 유명한 작품들도 좋았다. 쿠사마 야요이의 호박도, 모네의 수련도, 이우환의 돌과 철판도 좋았지만 지금 이 순간이 더더 좋았다. 작은 시골 식당. 철판 소리. 뜨거운 음식. 차가운 맥주. 옆자리에 단골인 듯한 할아버지가 앉으셨다. "오이시이?" 주인아저씨가 물었다. "하이! 오이시이데스!" 맛있다고 대답하니 주인아저씨가 웃었다. 할아버지도 웃으며 뭐라 말씀하셨다. 일본어라 못 알아들었지만 분위기로 알 것 같았다. 계산을 하려고 일어서자 "아리가또 고자이마스!" 주인아저씨가 인사했다. "고치소 사마데시타!" 나도 인사했다.

밖으로 나와 별을 올려다본다. 별은 항상 그 자리에 있을 텐데 내가 있는 곳에서 그 당시 감동을 담아 올려다보는 그 모습은 항상 다르고 신선하다. 마을은 고요했고 골목에는 가로등이 켜졌다. '오늘 하루 정말 좋았다.' 그런 생각이 들었다.

진짜 소확행은 어디에 있을까

모네의 수련은 감동적이었다. 이우환의 돌과 철판은 깊은 울림을 줬다. 쿠사마 야요이의 호박은 사진으로 남겼다. 그런데 제일 오래 기억에 남는 건 우미코였다. 철판 앞에서 이름 모를 할아버지가 만들어주신 오코노미야키. 지글지글 익는 소리. 뜨거운 철판에서 바로 나온 음식. 차가운 맥주 한 잔. 주인아저씨의 웃음. 단골 할아버지와의 짧은 교감. 그게 전부였지만 가장 행복했다. 유명한 미술 작품도 좋다. 세계적인 건축물도 좋다. 하지만 진짜 소중하고 확실한 행복은, 우연히 들어간 시골 식당에서 만난 따뜻한 한 끼에 있었다. 계획에 없었던 그냥 배고파서 들어간 곳이었는데 그게 여행의 하이라이트가 됐다.

나오시마에서 배운 것

나오시마가 가르쳐준 건 이거다. 예술은 거창한 게 아니다. 일상 속에 있다. 빈집을 미술관으로 만들고, 마을 골목을 갤러리로 만들고, 섬 전체를 작품으로 만들었다. 특별한 게 아니라 일상이 특별해진 것이다. 여행도 마찬가지다. 유명한 곳만 찾아다니는 게 여행이 아니다. 우연히 만난 순간들. 예상치 못한 경험들. 그 안에서 느끼는 작은 행복들. 그게 진짜 여행이다. 나오시마는 그걸 가르쳐줬다.

다음에 또 올 거야

숙소로 돌아오는 길은 조용했고 가로등 불빛이 은은했으며 바다에서 바람이 불어와 짠 내가 났다. '다음에 또 와야지.' 그런 생각이 들었다. 다음엔 베네세 하우스에서 묵고 싶다. 하룻밤 자면서 미술관을 천천히 보고 싶고 놓친 집 프로젝트들도 다 보고 싶다. 그리고 우미코에 또 가고 싶다. 주인아저씨가 기억하지 못하겠지만 "저 여기 단골이에요"라고 인사하고 싶다. 나오시마는 한 번으로는 부족한 섬이다. 올 때마다 새로운 걸 발견할 것 같았고 올 때마다 다른 감동을 느낄 것 같다. 소중하고 확실한 행복은 계획된 곳보다, 우연히 만난 순간에 있을 수 있다. 그림보다 아름다웠던 건, 철판 앞에서 맥주 마시던 그 저녁이었다.

사람들은 남프랑스를 '6월의 보랏빛'으로 기억한다. 끝없이 펼쳐진 발랑솔의 라벤더 밭, 뜨거운 태양 아래 아련하게 흔들리는 보라색 물결. 인스타그램의 완벽한 프레임을 채우는, 그 남프랑스의 절정을 나 역시 알고 있다.

하지만 나는 2월의 끝자락에 이곳에 도착했다. 라벤더는 당연히 없었다. 대신 지중해의 따뜻한 바람이 불었고, 거리는 한산했으며, 성수기의 북적거림은 먼 여름의 전설처럼 느껴졌다. 나는 모두가 말하는 '최고의 계절'을 의도적으로 피했다. 내 목적은 단순한 휴양이나 인스타그램용 사진이 아니었기 때문이다. 나는 예술가들의 빛, 즉 거장들이 이 땅에서 발견하고 그림에 담아냈던 영혼의 광휘를 찾아왔다. 폴 세잔, 빈센트 반 고흐, 앙리 마티스, 파블로 피카소, 마르크 샤갈. 이 거장들의 영혼이 깃든 곳. 라벤더의 달콤한 향기보다, 나는 그들이 느꼈을 프로방스의 공기와 코트다쥐르의 햇살을 온전히 경험하고 싶었다.

이번 여행은 미술관을 테마로 한 10일간의 '예술 순례(藝術巡禮)'였다. 니스(Nice)를 시작으로 생폴드방스(Saint-Paul-de-Vence), 칸(Cannes), 마르세유(Marseille), 아를(Arles), 고르드(Gordes), 아비뇽(Avignon)에 이르는 여정을 잘 살아온 어른들(미술 갤러리 회원들)과 함께 돌며, 2월의 남프랑스가 나에게 던져준 세 가지 축복을 발견했다. 여유, 합리적인 호사, 그리고 오롯한 감동.

1. 니스, 벨 에포크의 잔향과 샤갈의 구약

니스 코트다쥐르 공항에 도착했을 때, 2월 말의 햇살은 이미 따뜻했다. 바람은 바다를 건너 시원하게 불어왔고, '완벽한 초봄 날씨'라는 단어가 머릿속에 떠올랐다. 전용차를 타고 니스 해변, 프롬나드 데 장글레(Promenade des Anglais)로 들어섰을 때, 나는 곧바로 압도적인 건축물과 마주했다.

르 네그레스코: 2월의 합리적인 호사

르 네그레스코(Le Negresco)는 단순한 호텔이 아니다. 1913년에 개관한 이 건물은 니스의 상징이자 프랑스 국가 역사 기념물로 지정된 벨 에포크(Belle Époque) 시대의 걸작이다. 특히 분홍색 돔과 신고전주의 양식이 돋보이는 외관은 압도적이다. 붉은색과 금색이 화려하게 수놓인 삼총사 복장의 벨보이들의 환대를 받으며 들어선 로비는 이미 하나의 미술관이었다. 호텔 소유주였던 잔 오지에가 평생 수집한 예술품들이 복도와 공용 공

간을 가득 채우고 있었다. 달리(Dali)의 조각, 니키 드 생팔(Niki de Saint Phalle)의 파격적인 작품, 그리고 17세기부터 현대에 이르는 수많은 회화와 가구들. 객실마저 각각 루이 15세 스타일, 제국 스타일 등으로 개별 디자인되어 있었다.

내가 배정받은 프렌치 리비에라 스타일의 방은 밝은 색감과 우아한 가구로 지중해의 청량함을 담고 있었다. 발코니로 나서자 천사들의 만(Baie des Anges)이 펼쳐졌다. 짙푸른 바다와 야자수가 늘어선 산책로, 그리고 햇살에 반짝이는 하얀 해변. 놀라운 것은 이 모든 호사를 성수기 가격의 절반도 안 되는 가격에 누릴 수 있었다는 점이다. 최고급 호텔을 경험할 수 있는 합리적인 가격대. 이것이 2월 남프랑스가 주는 첫 번째 축복이었다.

샤갈 미술관: 구약의 색채에 젖다

다음 날, 우리는 국립 마르크 샤갈 미술관(Musée National Marc Chagall)을 찾았다. 니스를 중심으로 활동했던 앙리 마티스의 미술관과 잠시 고민했지만, 이번 순례의 서막으로 샤갈의 몽환적인 색채를 선택했다. 미술관 입구는 한산했다. 6월이었다면 줄을 서서 들어갔을 공간을 우리는 거의 독차지했다.

입장하여 첫 번째 방에 들어섰을 때, 내 발걸음은 멈출 수밖에 없었다. 샤갈이 구약성서를 주제로 그린 '성경 메시지(Message Biblique)' 연작 17점이 거대한 규모로 전시되어 있었다. 창세기, 출애굽기, 아가서의 이야기가 샤갈 특유의 파랑, 빨강, 노랑 등 원색의 조합으로 재해석되어 벽을 가득 채웠다. 특히 '천지창조' 앞에서 나는 10분 넘게 꼼짝하지 않았다. 빛과 어둠이 분리되고, 천사가 나타나고, 샤갈의 붓터치가 생명을 불어넣는 찰나의 순간이 느껴졌다.

관광객이 적다는 사실은 곧 예술을 오롯이 독점할 수 있다는 의미였다. 그림 앞에서 한참을 서 있어도, 앉아서 바라봐도 아무도 나를 방해하지 않았다. 성수기의 인파 속에서는 불가능했을 깊은 사색의 시간. 이것이 2월 남프랑스의 두 번째 축복, 여유와 사치였다.

코트다쥐르의 미식과 마티스의 흔적

니스에서는 예술 순례를 위한 에너지를 충전하는 미

식 탐험도 이어졌다. 코트다쥐르의 미식은 이탈리아와 프랑스 프로방스 지방의 영향을 받은 독특한 니스 전통 요리(Cuisine Niçoise)로 유명하다.

현지 음식: 소카와 살라드 니수아즈

구시가지에 자리한 쿠르 살레야(Cours Saleya) 시장 주변에는 현지인들이 즐겨 찾는 소박한 식당들이 많다. 나는 그중 한 곳에서 니스 전통 음식을 맛보았다. 가장 인상 깊었던 것은 소카(Socca)였다. 칙피(병아리콩) 가루와 물을 섞어 만든 반죽을 커다란 구리 팬에 얇게 부어 구워낸 후, 후추를 뿌려 먹는 길거리 음식이다. 겉은 바삭하고 속은 촉촉하며, 짭조름한 맛이 중독성이 있었다. 이것은 이탈리아의 파리나타(Farinata)와 비슷하면서도 니스만의 정서가 담긴 음식이었다.

또한, 살라드 니수아즈(Salade Niçoise)를 주문했다. 삶은 달걀, 캔 참치, 앤초비, 토마토, 올리브, 강낭콩 등이 들어간 니스식 샐러드는 화려하지 않지만 신선하고 균형 잡힌 맛으로 프로방스의 건강한 식재료를 그대로 보여주었다.

마티스에게 바치는 헌사

마티스 미술관(Musée Matisse)은 비록 방문하지 못했지만, 니스의 심장부에는 마티스의 영혼이 깊이 배어 있다. 특히 심예즈(Cimiez) 지구의 유서 깊은 수도원과 공원은 마티스가 거주하며 작업했던 곳이다.

마티스는 1917년 니스에 정착한 후, 이 도시의 강렬한 빛과 평온한 실내 풍경을 화폭에 담았다. 나는 마티스가 즐겨 찾았다는 심예즈 언덕에 올라 니스의 바다와 지붕을 내려다보았다. 마티스의 그림 속에서 보던 밝고 따뜻한 색채의 근원을 깨닫는 순간이었다. 그의 그림이 단순한 색의 조합이 아니라, 이 남프랑스의 빛이 만들어 낸 현실의 반영이었음을 이해할 수 있었다.

남프랑스 지중해 경치의 끝판왕 에즈와 모나코

니스에서 서쪽으로 이동하며 에즈 마을(Èze)과 모나코(Monaco)를 거쳤다. 에즈는 해발 427m 절벽 위에서 지중해를 내려다보는 천상의 마을이었고, 모나코는 몬테카를로 카지노 앞에 늘어선 슈퍼카처럼 화려했다. 하지만 이 두 곳은 내 순례의 목적지라기보다는 경유지에

가까웠다. 모나코는 모나코였고 에즈는 매력적이었지만, 여운은 좀 약했다.. 진정한 예술적 기착지는 생폴드방스(Saint-Paul-de-Vence)였다. 이 유서 깊은 중세 마을에는 현대 미술의 거점인 마그 재단 미술관(Fondation Maeght)이 있다.

마그 재단: 야외 조각 정원의 대화

마그 재단 미술관은 호안 미로(Joan Miró), 알렉산더 칼더(Alexander Calder), 자코메티(Alberto Giacometti) 등 20세기 거장들의 작품이 자연과 건축에 완벽하게 녹아들어 있는 공간이다. 건축가 호세프 류이스 세르트(Josep Lluís Sert)가 설계한 건물은 자연광을 끌어들여 예술 작품을 가장 아름답게 비추도록 설계되었다. 특히 미로의 미로, 칼더의 모빌, 그리고 자코메티의 가늘고 긴 청동 인간 군상이 서 있는 야외 조각 정원은 인상적이었다. 2월의 고즈넉함 속에서 나는 작품들 사이를 거닐며, 자코메티의 인간들이 이 황량하면서도 평화로운 정원에서 끊임없이 어떤 대화를 나누고 있는 것 같다는 느낌을 받았다.

라 콜롱브 도르: 미식 이상의 경험

점심 식사를 위해 마을 중심부에 있는 라 콜롱브 도르(La Colombe d'Or, 황금비둘기)를 찾았다. 1920년에 여관으로 시작된 이곳은 주인 폴 루(Paul Roux)가 예술가들에게 숙박비와 식사비를 작품으로 대신 받았던 전설적인 장소다. 문을 열고 들어서자, 나는 식당이 아니라 20세기 현대 미술의 숨겨진 보물창고에 온 듯한 착각에 빠졌다. 벽에는 피카소(Picasso)의 드로잉, 마티스의 초상화, 샤갈의 유화가 아무렇지도 않게 걸려 있었다. 야외 테라스에는 페르낭 레제(Fernand Léger)가 제작한 컬러 세라믹 작품이 햇빛을 받아 반짝이고 있었다. 무화과나무 아래, 초록빛 언덕이 보이는 자리에 앉았다. 이곳은 피카소와 마티스, 그리고 명배우 이브 몽땅과 시몬 시뇨레가 결혼식을 올렸던 장소였다.

우리는 1인당 100유로가 넘는 코스 요리를 주문하며 망설이지 않았다. 이것은 단순한 식사가 아니라, 역사와 예술을 한입 베어 무는 경험이었기 때문이다. 갓 구운 따뜻한 바게트와 버터 컬, 그리고 프로방스 전통 방식으로 만든 크뤼디테(생채소-쪽파가 진짜 맛있음)와

 길 위에서 발견한 작은 행복

샤퀴테리가 먼저 나왔다. 특히 올리브 오일에 구워 캐러멜라이즈 된 빨간 파프리카와 부드러운 양고기 로스트는 프로방스 허브의 향을 가득 머금고 있었다. 차갑고 상큼한 프로방스 로제 와인 한 잔과 함께 천천히 식사를 즐겼다. 눈앞에는 진품 피카소의 그림이, 머리 위에는 칼더의 모빌이 느릿하게 움직이는 공간이었다. 황금비둘기라는 이름처럼, 이 경험 자체가 황금보다 귀한 가치를 지니고 있었다.

마르세유, 800년 역사의 재탄생

칸(Cannes)을 빠르게 지나쳐 마르세유(Marseille)에 도착했다. 칸은 영화제의 화려함과 명품 거리의 세련됨이 가득했지만, 나의 영혼을 흔드는 역사적 깊이는 마르세유에 있었다.

인터컨티넨탈 호텔 디외: 구항구의 드라마

마르세유에서는 인터컨티넨탈 마르세유 호텔 디외(InterContinental Marseille – Hotel Dieu)에 묵었다. 18세기에 지어진 옛 시립 병원(Hôtel-Dieu)을 개조한 이 호텔은 그 자체로 마르세유의 역사를 담고 있다. 객실 발코니로 나섰을 때 펼쳐진 구항구(Vieux Port)의 풍경은 260년 전 고대 그리스부터 시작된 이 도시의 역사를 한눈에 보여주었다.

요트들이 정박된 항구 너머로 노트르담 드 라 가르드 성당(Notre-Dame de la Garde)이 도시를 굽어보고 있었다. 인테리어 디자이너 장 필립 뉘엘이 설계한 내부는 아르데코 스타일과 지중해의 밝은 색상이 조화를 이루며 세련미를 더했다. 특히 남서쪽 아래로는 철가면 – 몽테크리스토 백작의 무대인 이프 섬이 내려다보이는데, 성당에서 내려와 유람선을 타고 섬을 한 바퀴 돌고 나오니 여행이 더 풍성해졌다.

마르세유 미식: 부야베스와 항구의 맛

마르세유에 왔다면 반드시 경험해야 할 미식은 바로 부야베스(Bouillabaisse)다. 우리는 구항구 근처의 전통 레스토랑에서 이 웅장한 생선 스튜를 주문했다. 부야베스는 단순한 수프가 아니라 마르세유 선원들의 삶이 녹아 있는 요리다. 여러 종류의 흰살생선을 끓여낸 육수는 사프란, 마늘, 토마토, 프로방스 허브의 향이 강렬했다.

서버가 가져온 커다란 냄비에서 생선을 건져내 접시에 담고, 그 위에 뜨거운 육수를 부어준다. 바게트 빵에 루이(Rouille, 마늘과 고추, 사프란을 넣은 마요네즈) 소스를 발라 육수에 적셔 먹는 맛은 그야말로 지중해의 깊은 풍미를 담고 있었다고 말하고 싶었지만, 내 입맛엔 그닥…. 대신 아침 일찍 구항구 한켠에서 그날 잡아 온 생선들을 노전에서 팔고 있는데, 내가 간 날은 생굴도 팔고 있어서 초장만 가져왔었으면 하는 아쉬움이 있었다. 진짜 맛있었을 텐데..

아를, 고흐의 노란색을 찾아서

마르세유에서 북쪽으로 1시간, 아를(Arles)에 도착했다. 아를은 이번 남프랑스 여행 하이라이트 중 하나였다. 이곳은 빈센트 반 고흐가 1888년 2월부터 15개월간 머물며 자신의 가장 강렬한 작품들을 쏟아냈던 도시다.

L'Arlatan: 색채의 폭발 속에서 잠들다

아를에서 나는 부티크 호텔 라를라탕(L'Arlatan)에 묵었다. 이 호텔은 단순한 숙소를 넘어, 아티스트 호르헤 파르도(Jorge Pardo)가 수천 개의 모자이크 타일로 건물 전체를 장식한 살아있는 예술 작품이었다. 객실 문을 열었을 때, 나는 색채의 폭발에 압도당했다. 벽, 바닥, 천장까지 알록달록한 타일 모자이크로 가득 차 있었고, 현대적인 감각과 프로방스의 정서가 뒤섞여 독특한 에너지를 뿜어냈다. '이것이 바로 프랑스다'라는 생각이 절로 드는, 창조적이고 생동감 넘치는 공간이었다.

고흐의 빛: 노란색의 근원

아를에 머무는 동안, 나는 고흐가 걸었던 길을 걸었다. 포럼 광장(Place du Forum)에 있는 '밤의 카페 테라스'의 배경이 된 카페는 여전히 노란 조명을 밝히고 있었다. 론 강변은 '별이 빛나는 밤'을 탄생시킨 장소였다. 2월의 아를은 관광객이 적었지만, 햇살은 이미 '고흐의 노란색'을 띠고 있었다. 고흐는 칙칙했던 네덜란드 시절의 화풍을 벗어나 이 남프랑스의 강렬하고 부드러운 빛을 만나며 비로소 자신의 팔레트를 완성했다.

나는 고흐가 캔버스를 들고 섰을 바로 그 장소에 서서

하늘을 올려다보았다. 황량하지만 건조하지 않은, 그림자를 짙게 드리우면서도 대상의 색을 생생하게 살려내는 프로방스의 독특한 빛. '해바라기'의 격렬한 노란색과 '아를의 침실'의 평화로운 파란색이 이 빛 속에서 어떻게 태어났는지 온전히 이해할 수 있었다.

프로방스 내륙, 세잔과 교황의 도시

아를을 떠나 프로방스 내륙으로 더 깊숙이 들어갔다. 고흐의 그림이 강렬한 감정의 폭발이라면, 이곳은 폴 세잔(Paul Cézanne)의 이성적이고 견고한 세계가 펼쳐지는 곳이었다. 비록 세잔의 고향인 엑상프로방스(Aix-en-Provence)를 직접 방문하지는 못했지만, 프로방스의 풍경은 그를 통해 나에게 말을 걸어왔다.

세잔의 성 빅투아르 산을 바라보며

나는 언덕 위의 아름다운 마을 고르드(Gordes)로 향했다. 돌로 지어진 집들이 층층이 쌓여 병풍처럼 펼쳐진 모습은 그 자체로 하나의 조각 작품이었다. 근처의 세낭크 수도원(Abbaye de Sénanque)은 6월이라면 보라색 라벤더로 둘러싸였겠지만, 2월에는 고즈넉하고 조용한 시토 수도원의 건축미만이 남아 있었다.

고르드를 지나가며, 나는 세잔의 대표적인 소재인 생트빅투아르 산(Mont Sainte-Victoire)을 떠올렸다. 세잔은 이 산을 수없이 반복해서 그리며 형태의 본질을 탐구했다. 눈앞에 펼쳐진 프로방스의 구릉과 건축물들은 마치 세잔의 붓터치처럼 견고하고 입체적이었다. 나는 세잔이 이 땅의 빛과 형태에서 '영원'을 발견하려 했다는 사실을 풍경 속에서 직관적으로 느꼈다.

아비뇽: 교황청의 웅장한 역사

마지막으로 방문한 도시는 아비뇽(Avignon)이었다. 14세기 로마 교황들이 이곳에 머물렀던 교황청(Palais des Papes)은 유럽 최대의 고딕 양식 건축물 중 하나로, 그 웅장함이 압도적이었다. 이 거대한 돌의 성채는 고흐와 샤갈의 화려한 색채와는 다른, 묵직한 역사와 권위를 뿜어냈다. 아비뇽에서 나는 고흐의 격정과 세잔의 고독을 넘어, 수백 년간 이어져 온 인류의 역사와 신앙의 깊이를 느꼈다. 2월의 아비뇽은 차분했고, 교황청

내부를 천천히 걸으며 중세의 시간 속으로 깊이 빠져
들 수 있었다.

2월의 마법: 여유와 감동의 교차점

10일간의 순례를 마치고 니스로 돌아오는 길, 나는
지난 며칠간의 경험을 되짚었다. 라벤더가 없어도 괜
찮았느냐고? 아니, 라벤더가 없었기에 더 좋았다고 단
언할 수 있다.

관광객 없는 미술관의 특권

성수기였다면 사람들의 등을 보며 그림을 감상했을
것이다. 하지만 2월의 남프랑스에서는 샤갈 미술관을
독차지하는 기분을 만끽했다. 샤갈의 '천지창조' 앞에
서 30분을 서 있어도 누구의 방해도 받지 않았다. 마그
재단에서 자코메티의 조각상 옆에 서서 그 고독한 형태
를 마음껏 음미했다.

예술을 온전히, 그리고 깊이 감상할 수 있는 여유. 이
는 금전적으로 환산할 수 없는 가장 큰 사치였다. 예술
을 '관광'하는 것이 아니라, 예술과 '대화'할 수 있는 환

경. 이것이 2월의 남프랑스가 나에게 준 세 번째이자 가장 중요한 축복이었다.

최고의 숙소를 누릴 기회

르 네그레스코, 인터컨티넨탈 마르세유, 라를라탕과 같은 최고급 호텔에서의 숙박 경험 역시 2월이었기에 가능한 합리적인 호사였다. 같은 예산으로 평소보다 훨씬 높은 수준의 안락함과 품격을 누릴 수 있었다. 지쳤던 일상에서 벗어나 '나는 이런 최고를 누릴 자격이 있다'는 자기 위로와 충전을 얻는 데 이보다 더 좋을 수 없었다.

날씨는 춥지도, 덥지도 않았다. 초봄의 상쾌함과 지중해의 따뜻함이 완벽하게 조화되었다. 여름의 끈적이는 더위나 성수기의 복잡함 없이, 나는 고흐가 걸었던 길을 뛰어다니고, 에즈의 절벽을 편안하게 오를 수 있었다.

영혼을 위한 순례: 미술관에서 발견한 소확행

비행기가 이륙하며 창밖으로 니스의 푸른 바다가 멀어져 갈 때, 나는 스스로에게 물었다. '이 여행이 내게 준 것은 무엇인가?'

1. 샤갈의 '천지창조' 앞에서,
누구에게도 방해받지 않고
30분 동안 그림과 나만이 존재하는 경험.

2. 피카소와 마티스가 머물렀던
'황금비둘기'에서 그들의 진품 예술 작품을 보며
프로방스 전통 요리를 맛보는 미식적 역사 체험.

3. 성수기 가격의 절반으로 르 네그레스코의
프렌치 리비에라 스타일 객실에서
천사들의 만을 내려다보는 호사.

4. 고흐가 격렬하게 그림을 그렸던
아를의 풍경을, 그가 본 바로 그 빛 속에서
오롯이 느끼는 고독하고 순수한 감동.

남프랑스는 나에게 지쳐 있던 감성을 되찾아주었다.
일상의 반복과 피로 속에서 나는 아름다움을 느끼는 능
력, 예술을 사랑하는 마음, 창조적인 영감을 갈망하는

영혼을 잃어가고 있었다. 샤갈의 파란색 앞에서 30분을 섰던 순간. 라 콜롱브 도르의 무화과나무 아래서 피카소의 그림과 함께 로제 와인을 마셨던 순간. 고호가 사랑했던 아를의 노란빛이 내 얼굴에 쏟아지던 순간. 이 모든 경험이 나에게 외쳤다. "나는 아름다움을 아는 사람이야. 나는 아직 살아있어." 사람들은 6월의 라벤더를 위해 남프랑스에 간다. 그것은 인스타그램용 행복일 것이다. 하지만 나는 2월의 예술 순례를 통해 영혼을 위한 행복을 얻었다. 나의 소확행(小確幸)은 다음과 같은 아주 확실하고 작은 행복들로 정의되었다.

라벤더가 없어도 괜찮았다. 거장들의 숨결이, 2월의 여유가, 그리고 합리적인 호사가 있었으니까. 일상에 지친 당신에게, 나는 라벤더가 없는 2월이나 3월의 남프랑스를 강력하게 권한다. 그곳에서 당신은 단순히 여행을 하는 것이 아니라, 예술의 본질을 통해 당신 자신을 다시 발견하는 가장 소중하고 확실한 행복을 찾게 될 것이다.

30년 후 다시 만난 오페라
– 베로나와 돌로미테

250유로와 망설임

한국을 떠나기 전 베로나 디 오페라 티켓 예매 버튼 앞에서 한참을 망설였다. 250유로. 한화로 약 40만 원. 무대가 손 뻗으면 닿을 듯한 (실제로는 3~40미터) S석 좌석이었다. '이 돈이면 호텔을 더 좋은 곳으로 잡을 수 있는데.' '3일 치 식비인데.' '한국에서는 절대 40만 원짜리 오페라 표 안 사는데.' 온갖 핑계가 머릿속을 맴돌았다. 손가락이 마우스 위에서 멈췄다. 그때 문득, 25년 전이 떠올랐다.

20대, 맨 뒷자리의 기억

유럽 배낭여행 중이었다. 도시가 어디였는지는 정확히 기억나지 않는다. 가장 싼 표를 샀고, 맨 꼭대기 뒷자리였다. 숨이 찰 정도로 계단을 한참 올라갔다. 무대는 콩알만 했다. 배우들의 얼굴은 보이지 않았다. 무슨 작품이었는지도 몰랐고, 아름다운 소리와 멀리서 연기하는 것만 보였다. 그래도 행복했다. 젊었고, 그 자체로 충분했다. 그때 생각했었다. '언젠가는…앞자리에서 보고 싶다.' 그날 이후 30년이 흘렀다. 이제 나는 50대다. 클릭. 손가락이 움직였다. 250유로 결제 완료. '됐다. 이번 한 번은 괜찮아.' 아니, 괜찮은 게 아니었다. 이건 내가 나에게 주는 선물이었다. 20대 그날의 나에게 하는 약속. 열심히 살아온 나를 위한 보상. 작은 사치? 아니다. 당연한 권리였다.

6월, 베로나의 오후

베로나 오페라 축제는 매년 6월 중순부터 9월 초까지 열린다. 로마 시대의 원형 경기장 '아레나 디 베로나'에서 펼쳐지는 세계 최대 야외 오페라 축제다. 2000년이 넘은 원형 경기장은 그 자체로 예술이었다. 6월 중순, 베로나에 도착했다. 브라 광장에 앉아 에스프레소를 마셨다. 광장 한가운데 아레나가 보였다. 햇살이 따뜻했고, 공기가 부드러웠다. 오늘 밤, 그 안에서 오페라가 펼쳐

진다. 가슴이 두근거렸다. 줄리엣의 집도 들렀다. 관광객들로 북적였다. '로미오와 줄리엣' 이야기는 허구지만, 그 낭만만큼은 진짜였다. 베로나는 그냥 스쳐 가기엔 아까운 도시였다.

저녁 8시, 설렘과 긴장

호텔로 돌아와 샤워를 하고, 셔츠를 다렸다. 거울을 보며 중얼거렸다. '오늘 밤을 기억하자.' 8시 30분, 광장으로 향했다. 수많은 사람들이 모여들었다. 드레스를 입은 여성들, 정장 차림의 남성들, 캐주얼한 관광객들. 모두의 얼굴에는 같은 설렘이 있었다. 티켓을 보여주고 입장했다. 그 순간, 탄성이 절로 나왔다. 거대한 원형 경기장. 하늘이 열려 있었다. 석양이 짙은 남색으로 변하며 별이 떠올랐다. 수천 명의 관객이 좌석을 채우고 있었다. '여기가 진짜구나.' 스태프가 다가왔다. "Biglietto, per favore." 티켓을 보여주자 말했다. "Ah, prima fila!" 뒤를 따라가 자리를 확인하고 앉았다. 거의 무대 바로 앞. 손을 뻗으면 닿을 것 같았다. 뒤를 돌아봤다. 계단식 좌석 위 저 멀리, 30년 전의 내가 있었다. 지금의 나는 여기, 맨 앞에 있다. 250유로의 차이. 아니, 30년의 차이였다.

9시, 어둠이 내렸다.

조명이 꺼지고, 웅성거림이 잦아들었다. 하늘엔 별이 떴다. 베르디의 '아이다' 서곡이 시작됐다. 웅장했다. 소름이 돋았다. 라다메스와 아이다의 사랑. 암네리스의 질투. 전쟁과 배신, 운명의 사랑. 그 모든 감정이 무대 위에서 폭발했다. 수백 마리의 말들이 무대를 지나가고, 또 수백 명이 콜로세움 끝까지 횃불을 들고 서 있고 또 수백 명이 무대 위에서 열연과 연주하는 그 속에 있던 그 순간 이후로 나는 베로나 오페라 홍보대사가 되었다.

11시, 빗방울이 떨어졌다. 무대가 잠시 멈춰지고 안내 방송이 나왔다. "Due to the rain, we will have a short break." 사람들은 우비를 꺼냈다. 비는 점점 잦아들었고 20분쯤 후 다시 공연이 재개됐다. 하지만 마지막 막을 앞두고 다시 비가 쏟아졌다. 결국 공연은 중단됐다. 사람들은 아쉬운 표정으로 자리를 떴다.

빗속의 깨달음

비를 맞으며 나는 천천히 걸었다. '그래도 괜찮아.' 3막까지는 봤다. 별빛 아래 1열에서 배우의 숨소리까지 들으며 봤다. 그게 중요했다. 20년 전 약속을 지켰다. 그

것으로 충분했다. 다음 날 아침, 베로나 아레나에서 메일이 왔다. "Due to weather, we offer you 30% discount on your next visit." 웃음이 났다. '다시 오라는 거네.' 좋았다. 다시 올 이유가 생겼다.

베로나에서 이틀을 더 머물렀다. 골목을 걷고, 작은 카페에서 와인을 마셨다. 그리고 북쪽으로 향했다. 돌로미테. 기묘한 산맥. 뾰족한 봉우리들. 렌터카로 2시간 반. 코르티나 담페초에 도착했다. 헤밍웨이와 오드리 헵번이 사랑한 마을. 돌로미테의 여왕이라 불린다. 트레치메디 라바레도. 세 개의 거대한 바위산. 히말라야, 로키와 함께 세계 3대 명산 중 하나를 걸었다. 바람이 불었다. 산장 테라스에서 맥주를 마시며 봉우리를 바라봤다. '어제의 오페라와 오늘의 산. 둘 다 완벽하다.' 브라이에스 호수. 거울처럼 맑은 물에 산이 비쳤다. 오르티세이로 이동해서 리프트 1일권을 샀다.

오전에는 안개 때문에 앞이 안 보여서 아래 마을로 내려와 점심을 먹고 다시 오르니 푸른 초원과 봉우리가 나를 기다렸다는 듯 보여준다. 알페 디 시우시. 끝없는 초원과 평화. 시간이 느려졌다. 마음도 느려졌다.

진짜 소확행

돌아오는 길, 공항으로 가며 생각했다. 250유로. 처음엔 비싸다고 생각했다. 하지만 지금은 안다. 그건 비용이 아니라, 나를 위한 투자였다. 비가 와서 공연이 끝까지 가지 못했지만, 오히려 특별했다. 완벽하지 않았기에 더 오래 남았다. 돌로미테의 자연도 좋았지만, 가장 큰 선물은 베로나였다. 무대 바로 앞, 별빛 아래 앉았던 그 순간. 그때 깨달았다. 나는 이런 걸 누릴 자격이 있다는 것. 나는 잘 살아왔다는 것. 작은 사치가 아니었다. 당연한 권리였다. 이 글을 읽는 당신. 당신도 충분히 잘 살아왔다. 가끔은 자신에게 선물을 주라. 비싸도 괜찮다. 그게 당신이 살아온 시간의 증거니까. 비가 와도 괜찮다. 중요한 건 그 자리에 있었다는 것. 용기 내서 결제했다는 것. 나에게 주는 선물 그게 바로 진짜 소확행이다.

Part III

길 위의 인생 여행

"완주하지 않으면 의미 없다고?" 산티아고 순례길을 준비하며 인터넷을 뒤적였다. 댓글들이 눈에 들어왔다. "800km 전부 걸어야 진짜 순례지." "단체로 가는 건 관광이지 순례가 아니야." "일부만 걷는 건 무슨 의미가 있어?" 읽으면서 웃음이 났다. 현학적 허세였다. 누구나 사정이 있다. 시간이 없는 사람, 비용이 부족한 사람, 건강이 허락하지 않는 사람, 나이가 들어서야 비로소 여유가 생긴 사람. 그들이 자신의 형편에 맞게 산티아고를 경험하는 건 결코 잘못이 아니다. 아니, 오히려 그 방식이 '자신의 순례'에 가깝다.

산티아고 데 콤포스텔라. 스페인 갈리시아의 작은 도시, 사도 성 야고보의 유해가 안치된 곳. 전설에 따르면 9세기 초 한 은둔자가 별빛의 인도를 받아 성인의 무덤을 발견했고, 그래서 '콤포스텔라'가 '별의 들판

(Campus Stellae)'에서 왔다는 설이 전해진다. 천 년이 넘는 세월 동안 사람들은 유럽 곳곳에서 이곳으로 걸어왔다. 로마·예루살렘과 더불어 기독교 3대 성지라 불리는 이유다. 가장 유명한 루트는 프랑스 남부 생장피에드포르(Saint-Jean-Pied-de-Port)에서 시작하는 프랑스길(Camino Francés). 약 800km, 보통 30~35일을 걷는다. 피레네를 넘는 첫 구간이 가장 힘들지만 그 뒤로는 완만한 길이 이어진다. 하지만 이것만이 산티아고는 아니다. 포르투갈에서 올라오는 포르투갈길, 대서양을 따라 걷는 북쪽 길, 남부 세비야에서 시작하는 은의 길(Vía de la Plata)까지 수십 개의 루트가 있다. 어디서 시작하든, 어느 구간을 걷든, 결국 대성당 앞 광장에 도착하면 그것이 바로 당신의 순례다.

나는 상품 기획을 위해 길에 섰다. 우리 회사는 '어른들을 위한 산티아고'를 만든다. 젊을 땐 바빠서 못 갔고, 이제야 시간이 생겼지만 800km 전부는 부담스러운 분들. 60·70대라도, 짐 운반 지원과 동행 가이드가 있다면 마지막 100km는 충분히 걸을 수 있다. 우리는 그분들의 소확행을 준비하기로 했다. 4월 말, 포르토마린(Portomarín). 산티아고까지 약 100km가 남은 지점, 봄(4~6월)과 가을(9~10월). 여름은 덥고 붐비며, 겨울은 춥고 비가 많다. 그 아침, 배낭은 가볍게 하루치 물과 간식만. 큰 짐은 차량이 옮긴다. 신발은 미리 발에 길들인 것으로. 새 신발은 물집의 지름길이다. 길은 흙길로 시작했다. 첫 번째 조개껍데기 표식을 만났다. 그리고 노란 화살표. 산티아고의 상징들이 내 걸음에 '괜찮다, 잘 가고 있다'고 속삭였다. 돌기둥, 나무 표지판, 벽돌담, 바위-형태는 달라도 의미는 같았다. 인생에도 이런 표식이 있으면 좋겠다. '지금 방향이 맞다'고, '조금만 더

가라'고 말해주는 표식. 그 확신을 이 길은 눈앞에 보여준다. 한 시간쯤 지나 마주치는 사람들마다 인사가 오간다. "¡Buen Camino!"-좋은 길을. 언어가 달라도 이 한마디면 충분하다. 이름도 묻지 않고, 설명도

필요 없다. 같은 길 위에 있다는 사실만으로 우리는 이미 연결되어 있었다. 그날 나는 수십 번, 수백 번 이 인사를 주고받았다. 그때마다 마음이 조금씩 가벼워졌다.

오후, 천천히 움직이는 무리를 보았다. 휠체어였다. 중년의 남성이 앉아 있었고 가족이 곁에서 함께 걸었다. 오르막에서 그들은 힘들었지만 표정은 밝았다. 지나치며 인사를 건네자 그도 손을 흔들어 주었다. 그 순간 떠올랐다. '이분들을 위한 프로그램을 만들 수 있겠다.' 경사가 완만한 구간을 고르고, 충분한 시간을 배분하고, 지원 인력을 붙이면-누구든, 각자의 속도로, 자신만의 순례를 할 수 있다. 순례의 권리는 모두에게 있다. 길은 끝없이 이어졌다. 초록 밀밭, 노란 유채꽃, 돌집과 종탑, 바람 소리와 내 발걸음. 화려함은 없지만 그 소박함이 마음을 정리했다. 걸을수록 복잡한 생각들은 제자리를 찾았다. '아, 그래서 걷는구나.' 크게 아무것도 하지 않는데, 신기하게 삶이 정돈되었다.

해질녘, 그날의 목적지에 도착했다. 약 25km. 다리는 묵직했고, 발바닥은 얼얼했지만 마음은 충만했다. 나는 오늘 알베르게의 이층 침대에서 자지만, 우리 상

품은 잘 살아온 어른들을 위해 2인실 숙소를 써야겠구나. 잘 자야 다음 날 잘 걷는다. 샤워를 하고, 갈리시아식 문어 '뽈뽀'를 먹고, 일찍 잠들었다. 내일 또 걸어야 하니까. 며칠 뒤 산티아고 대성당 앞 광장에 섰다. 배낭을 벗고 서로 포옹하는 사람들, 눈물과 웃음이 뒤섞인 얼굴들. 그들의 한 달이 그 표정에 다 적혀 있었다. 나는 순례자 사무소 줄에 서지 않았다. 스탬프가 모자랐고, 하루만 온전히 걸었기 때문이다. 그런데도 이상하게 아쉽지 않았다. 종이 한 장으로 증명되지 않아도, 내 발걸음이 이미 내 안에서 증명하고 있었다. 나는 그 길 위에 있었다.

우리의 상품 구성은 단순하다. 1단계-순례: 생장에서 순례자 여권을 발급받고, 피레네를 넘는다. 그리고 사리아까지 와서 마지막 100km를 5~7일에 나눠 걷는다. 큰 짐은 차량이 운반하고, 인솔자가 동행하며, 숙소는 2인 1실 중심으로 예약한다.

2단계-도착: 콤포스텔라에 도착 후 정오의 순례자 미사에 참여해(향로미사 '보타푸메이로'는 특정일에만 운행될 수 있다), 광장에서 서로의 여정을 축복한다.

3단계-보상: 포르투·리스본으로 내려가 며칠을 쉰다. 포트 와인을 맛보고, 타일의 도시를 거닌다. '걷고, 도착하고, 즐기는' 완성의 시간이다. 잘 살아온 나의 삶을 돌아보며 천천히 걷다, 마지막에 스스로에게 선물을 주는 시간.

이 길은 누구의 전유물이 아니다. 20대의 모험, 40대의 전환, 60대의 성취-모두에게 걷는 이유가 다르다. 혼자가 두렵다면 함께 가면 된다. 단체라고 순례가 아닌 것은 아니다. 서로 응원하고 격려하며 각자의 고독을 존중한다면, 그 또한 훌륭한 방식이다. 중요한 건 '완주'가 아니라 '존재'다. 그 길 위에 있다는 것, 오늘도 한 걸음을 내딛는 것. 그 단순함이 우리를 견고하게 만든다.

돌아와서도 가끔 조개껍데기와 노란 화살표를 떠올

린다. 그 표식들은 내 삶에도 남았다. '괜찮아, 잘 가고 있어'라고 속삭이는 나만의 싸인. 작은 성취들이 모여 방향이 된다. 그래서 어떤 이들은 이 길을 세 번, 네 번 다시 찾는다. 풍경 때문만은 아니다. 길 위에서 만난 사람들, "부엔 까미노"라는 인사, 언어를 넘어선 연결-그게 그들을 다시 길로 이끈다.

남들이 뭐라 하든 상관없다. "전체를 걷지 않으면 의미 없다." "단체로 가는 건 진짜 순례가 아니다." 그런 말들은 그들의 정의일 뿐, 나의 정의가 아니다. 당신의 순례는 당신의 속도로, 당신의 사정에 맞춰, 당신의 방식대로 완성된다. 한 걸음, 한 걸음. 그게 전부다. 그리고 그 전부가, 충분하다. 잘 살고 있는 당신, 오늘도 부엔 카미노.

미국 대륙을 종단하는 9일간의 여정. 단 5일간의 연차로 (사실은 주말 두 번 끼고 9일의 투자로) 시카고의 세련된 문화부터 뉴올리언스의 원초적인 영혼까지 미국의 음악적 심장부를 관통할 수 있다는 사실은 실로 놀라운 가치이다. 암트랙과 기차여행이라는 효율적인 수단을 활용하여 얻는 삶의 새로운 리듬과 소중하고 확실한 행복은, 이 짧은 시간을 상회하고도 남음이 있다. 우리는 암트랙의 침대칸을 숙소 삼아, 이동 시간 자체를 숙박과 휴식으로 전환하며 9일 일정의 효율을 극대화하는 최고의 선택을 했다.

시카고의 격조, 그리고 짐 없는 자유

Day 1, 오전 10시 40분, 인천 국제공항을 출발하여 12시간의 비행을 마치고 시카고 오헤어 공항(ORD)에 도착했다. 이른 아침 입국 수속을 마친 후, 우리는 CTA 블루라인 지하철을 타고 시카고 다운타운으로 향했다. 약 45분의 이동 시간은 시카고 시민들의 활기찬 아침 일상을 엿보는 첫 경험이었다.

블루라인을 타고 클린턴 역에 내린 우리는 곧장 다운타운의 중심인 시카고 유니언 역(Union Station)으로 이동했다. 숙박 없이 기차로 이동하는 일정이었기에, 암트랙 수하물 서비스(Parcel Check)를 이용해 큰 짐을 안전하게 보관하고 가벼워진 몸으로 우리는 건축과 예술의 도시 시카고를 만끽했다. 시카고 아트 인스티튜트에서 모네, 고흐, 고갱, 에드워드 호퍼의 걸작들(그림 무식자라 그림 옆 설명을 보고 겨우 알게 됨은 비밀)을 3시간 동안 천천히 감상하며 문화적 감각을 채우고, 밀레니엄 파크의 상징인 '클라우드 게이트(콩)' 조형물 앞에서 인증사진을 남겼다.

오후에는 시티투어버스를 이용해 네이비 피어, 매그니피센트 마일 등 주요 스팟을 둘러 보는 효율적인 시내 투어는 피곤해서 하지 못하고 유니언 역으로 돌아와 비즈니스 라운지(메트로폴리탄 라운지)에서 쪽잠을 청하는 것으로 시카고의 역동성을 온몸으로 흡수했다.

밤 8시, 드디어 시카고 유니언 역 출발!! 라운지에서 짐을 찾고 일반 승객보다 먼저 플랫폼으로 안내받는 우선 탑승(Pre-boarding)의 특권은, 9일 여행의 질을 높이는 첫 번째 소확행이었다.

승무원의 안내를 받아 도착한 객실 내에 전용 샤워실과 화장실이 갖춰져 있다는 사실은 좁은 기차 안에서 누릴 수 있는 최고의 사치이자, 놓칠 수 없는 또 다른 소확행이었다. 짐을 풀고 나서 바로 식당칸(Dining Car)으로 향했다. 린넨 테이블보가 깔린 우아한 식당 분위기는 아니었지만 밤의 적막을 뚫고 달리는 어떤 2층 레스토랑에서의 식사는 꽤 근사했다. 플랫 아이언 스테이크와 허브 치킨 요리를 주문하고 작은 와인을 곁들였다. 기차가 흔들릴 때마다 조심스럽게 포크를 움직이는 행위조차 낭만적이었으며, 다른 승객들과의 뜻밖의 합석은 여행의 이야기보따리를 더욱 풍성하게 만들었다.

만찬 후 객실로 돌아와 의자를 당겨 더블베드로 만들었다. 상단 침대에 올라 창밖을 바라보자, 도시의 빛 공해가 없는 밤하늘은 쏟아질 듯 무수한 별들로 가득했다. 철로 위를 달리는 기차의 규칙적인 덜컹거림은 가장 완벽한 자장가였다. 이 흔들리는 요람에서의 하룻밤은 9일간의 여정에서 얻는 가장 값진 휴식이자 우리 둘만의 소중한 소확행이었다.

멤피스 & 내슈빌, 음악의 영혼을 만나다

Day 2~3, 이른 아침 6시 27분, 기차는 테네시주 멤피스(Memphis)에 도착했다. 멤피스역에 도착한 후, 우리는 로큰롤의 황제 엘비스 프레슬리가 한때 단골로 즐겨 찾았다는 디 아케이드 레스토랑(The Arcade Restaurant)을 찾아갔다. 1919년에 문을 연 클래식 다이너인 이곳은 멤피스 기차역이자 우리가 내일 묵을 힐튼 호텔에서 바로 길만 건너면 있는 곳이었는데, 우리는 엘비스가 즐겨 앉았다는 자리 근처에 자리를 잡고 튀긴 피넛 버터 샌드위치 같은 클래식한 다이너 메뉴를 주문했다. 엘비스의 숨결이 느껴지는 공간에서 식사를 하며 사진을 찍는 것은 멤피스 여행의 잊을 수 없는 소확행이었다.

이동 시간을 숙박으로 대체함으로써 멤피스 일정을

온전히 확보한 우리는 곧바로 버스를 이용해 컨트리 음악의 본향, 내슈빌로 이동했다. 내슈빌에서 컨트리 음악 명예의 전당을 둘러보며 전설들의 유산을 확인하고, RCA 스튜디오 B에서는 엘비스가 녹음했던 역사의 현장을 밟아보는 감동을 느꼈다.

저녁에는 세계 최장수 라이브 공연인 그랜드 올 오프리에서 컨트리 음악 특유의 서정적이고 신나는 리듬에 몸을 맡겼다. 브로드웨이 블러버드를 따라 이어진 수백의 펍과 바에 들러 음악 3~4곡에 음료나 칵테일을 마시고 이동해 또 다른 밴드의 매력을 만나는 것은 15불로 누릴 수 있는 최고의 사치였다.

Day 4~5, 다시 멤피스로 돌아왔다. 로큰롤과 블루스의 격정을 만끽하는 날이었다. 어제 맡겨 둔 짐을 찾아 호텔 체크인 후, 그레이스랜드와 선 스튜디오를 방문하여 로큰롤의 역사를 확인했고, 저녁에는 블루스의 고향인 빌 스트리트(Beale Street)에서 BB 킹스 블루스 클럽에 앉아 멤피스 스타일 바비큐와 함께 짙은 블루스 선율을 들었다.

뉴올리언스, 재즈와 낭만

Day 6~7, 아침 6시 30분, 최종 목적지 뉴올리언스로 가기 위해 멤피스역 플랫폼에 섰다. 오늘은 6시 50분에 기차를 타서 오후 4시에 뉴올리안즈에 도착하는 주간 일정이다. 어젯밤에 업무차 밤을 꼬박 새우고 난 후라 피곤했지만, 맘마미야!! 시카고에서 멤피스로 올 때는 밤이라 안보였던 옵저베이션 칸이 식당 칸 옆에 있는 게 아닌가. 천정의 절반 정도가 유리로 되어 있고 의자가 창밖을 향하도록 되어 있는 그야말로 관광 열차.. 날이 좀 흐리긴 했지만 그래도 너무 흥분되고 즐거운 경험이었다. 잠시 사진을 찍고 아래로 내려와 어제 못 잔 잠을 청했다.

얼마 간일까 꿀잠을 잔 후에 식사 주문을 받는 소리에 잠을 깨 보니, 3시간을 곤히 잤다. 남쪽으로 3시간은 더 내려와서인지, 따뜻한 기운

과 함께 햇빛이 쨍하고 나는 게 아닌가. 여행은 뭐다? 여행은 날씨다!! 내가 기차여행에서 기대했던, 미국의 시골 마을 (영화에서 델타포스가 전역 후 딸과 집에 있으면 정보부에서 임무 부여를 위해 찾아오던 집) 딱 그 모습이었다. 중간중간 들리는 잭슨, 해즐허스트, 맥콤 같은 미주리 주의 도시들을 기차여행이 아니면 언제 만나 볼 수 있단 말인가.

역에서는 5~10분간 정차했는데, 역에 도착하기 전에 짐 챙겨서 문 앞에 대기하는 문화가 아니라 역에 도착 후 짐 챙겨서 내리는 게 일상인 이들에게는 10분은 돼야 내리고 탈 수 있을 거 같았다. 그 5~10분간 기차에서 내려 기지개도 켜고 바깥 공기도 마시면 좋겠다고 생각하던 순간, 문득 대전역이 떠올랐다. 50세 이하는 어리둥절할 대전역 가락국수. 호남선과 경부선이 갈라지던 그 대전역에서 5분간 정차하는 그 순간에 번개같이 한 그릇 뚝딱하던 가락국수 대신, 〈케데헌〉이 프린트된 컵라면을 팔아볼까 하는 생각이 드는 나를 발견하고 슬며시 웃어 보았다. 뉴올리언스는 정말 그뤠잇!! 했다.

기차역에 내려 프렌치 쿼터에 있는 호텔에 짐을 맡

기고 겨울에서 봄으로 나를 바꾸고 나서는 낮의 프렌치 쿼터를 만나러 나섰다. 우리는 곧장 나체스 증기선(Steamboat NATCHEZ)에 올랐다. 뉴올리언스에서 유일하게 남아있는 정통 증기선인 배에 탑승하자, 라이브 칼리오페 음악이 우리를 과거로 안내하는 듯했다. 미시시피강 라이브 재즈 크루즈를 시작하며, 우리는 크리올 점심 뷔페를 즐겼다. 치킨 검보, 가재 에투피 등 전통 요리를 맛보며 뉴올리언스의 풍미에

완전히 빠졌다. 식사 동안, 딕시랜드 재즈 밴드가 연주하는 선율과 미시시피 강변의 풍경이 지는 이 순간은 잊을 수 없는 낭만이었다.

밤이 되자, 우리는 재즈의 진수를 맛보기 위해 프렌치맨 스트리트(Frenchmen Street)로 향했다. 작은 클럽, 더 스폿티드 캣(The Spotted Cat)에 들어서자, 연주자들의

땀과 열기가 뒤섞인 공기가 우리를 감쌌다. 코넷, 클라리넷, 트롬본이 어우러져 만들어내는 딕시 랜드 재즈의 소리는 형식에 얽매이지 않는 자유 그 자체였다. 우리는 테이블에 앉아 그 리듬 속에 완벽하게 동화되었고, 일상에서 받은 모든 스트레스와 억압이 이 즉흥적인 음악 속에서 눈 녹듯 사라지는 것을 느꼈다.

에필로그

: 음악을 사랑하는 당신이 누릴 수 있는 소중한 행복

시카고에서 뉴올리언스, 마이애미까지. 우리는 암트랙의 리듬을 따라 흘러온 9일간의 여정을 통해 일상에서는 찾기 힘들었던 진정한 자유와 행복을 발견했다. 단 일주일의 투자로 우리는 경험의 밀도를 극대화했다. 4개의 핵심 도시를 관통하며, 암 트랙 침대칸에서의 이동과 숙박을 결합하여 시간과 비용 대비 최고의 가치를 선사했다.

· 소중하고 확실한 행복(소확행) 포인트 ·

1. 흔들리는 요람의 밤: 암트랙 침대칸에서
누리는 완벽한 단절과 숙면, 그리고
밤하늘의 별을 보며 나누는 오붓한 대화.

2. 엘비스의 추억: 멤피스에서 엘비스 프레슬리가
즐겨 찾던 다이너에서 아침 식사를 하며
전설의 숨결을 느끼는 소소한 기쁨.

3. 강변의 낭만: 뉴올리언스 나체스 증기선에서
크리올 요리와 라이브 재즈를 즐기며
문학적 낭만에 젖어 드는 순간.

4. 자유의 선율: 뉴올리언스 프렌치맨 스트리트의
작은 클럽에서 즉흥적인 재즈에 몸을 맡기며
일상의 억압으로부터 해방되는 기분.

5. 시간의 소유: 장거리 기차 이동 중
스마트폰을 끄고, 오직 창밖 풍경을 바라보며
사색과 휴식을 즐기는 느림의 미학.

 길 위에서 발견한 작은 행복

음악을 사랑하는 당신이 누릴 수 있는 가장 소중하고 확실한 행복은 바로 이 미국 기차 안에 있다. 9일의 투자로 당신의 인생에 가장 아름다운 선율을 선물하라. 이 여행이야말로 당신의 삶을 영원히 바꿔놓을, 최고의 소확행이 될 것이다.

> 숨 가쁜 고산에서 찾은 평온
> – 잉카의 하늘 아래, 마추픽추

버킷리스트라는 말

"인생에서 꼭 해보고 싶은 것들", 버킷리스트. 누구나 하나쯤은 있다. 나에게도 있었다. 마추픽추. 페루 안데스 산맥 해발 2,430m에 위치한 15세기 잉카 제국의 요새 도시. '잃어버린 도시'. '남미는 멀잖아.' '시간도 많이 걸리잖아.' '언젠가 나중에.' 그렇게 미루는 곳이다. 하지만 일주일이면 그 버킷리스트가 완성된다면? 미국이나 멕시코를 경유해서 페루 리마로 가면 일주일이면 가능하고 좀 빡세게 다녀온다면 우유니까지 같이 가도 8일이면 가능하다는 것을 알게 되는 순간, 그 버킷리스트가 현실이 된다.

2월. 겨울 휴가. 항공권을 예약했다. 마음이 두근거렸다. 막연히 멀게만 느껴졌던 마추픽추가 일주일 후면 눈앞에 펼쳐질 것이다. 사진으로만 보던 그 풍경을. 500년 전 잉카인들이 살았던 그 도시를. 직접 볼 수 있다는 것. 그것만으로도 가슴이 벅찼다.

쿠스코, 숨이 가빠지는 도시

쿠스코. 해발 3,400m. 마추픽추보다 약 1,000m 높은 곳에 비행기가 착륙했다. 문을 여는 순간 숨이 가빠졌다. '이게 고산병인가?' 천천히 걷고 천천히 숨을 쉬었다. 호텔로 가는 택시 안에서도 가슴이 답답했다. 쿠스코는 케추아어로 '세계의 배꼽'이라는 뜻. 잉카제국의 수도였던 곳. 말뜻만큼이나 이 도시는 특별했다. 붉은 지붕들이 빽빽하게 들어선 모습이 창밖으로 보였다. 유럽 같기도 하고, 남미 같기도 한 독특한 풍경. 500여 년 전 스페인 정복자들이 옛 마을들을 파괴하고 유럽식 건물을 지었다. 거리 구석구석에 잉카와 스페인식의 공존이 보인다.

호텔 체크인을 하고 방에 들어가자 침대에 코카 차가 놓여 있었다. 고산병에 도움이 된다는 코카잎을 우린 차를 한 모금 마셨다. 쓰면서도 달았다. 천천히 마시며 창밖을 봤다. '여기가 잉카제국의 수도였구나.' 그 생각만으로도 가슴이 뛰었다. 첫날은 쉬기로 했다. 적응하는 시간. 고산병은 무시하면 안 된다고 들었다. 천천히, 여유롭게. 저녁에 아르마스 광장으로 나갔다. 천천히 걸었다. 여전히 숨이 약간 가빴지만 오전보다는 나았다. 광장 주변의 성당과 식민지 시대 건물들이 조명을 받아 아름다웠다. 벤치에 앉아 사람들을 구경했다. 페루 사람들, 관광객들, 노점상들. 모두가 각자의 이유로 이 광장에 모여 있었다. 이번이 세 번째, 나처럼 남들의 버킷리스트를 이루어 주려고 답사 온 사람은 없겠지?

우루밤바로 가는 길

다음 날 아침 일찍 버스에 올랐다. 쿠스코에서 우루밤바까지 약 2시간. 버스가 산길을 달렸다. 창밖으로 안데스 산맥이 펼쳐졌다. 구불구불한 도로, 아슬아슬한 절벽 하지만 풍경은 압도적이었다. 멀리 설산이 보이고, 계곡 아래로 강물이 흐르고, 그 사이로 작은 마을들이 점점이 박혀 있었다. 내려갈수록 숨이 편해졌다. 고도가 낮아지고 있었다. 우루밤바. 쿠스코보다 낮은 고도. 마추픽추 가는 길목. '마추픽추는 2,400m라 쿠스코보다 낮으니까 고산병 걱정은 훨씬 덜 하고 실제로도 마추 픽추에서 고산병을 경험하는 사람들은 거의 없다. 창밖 풍경을 보며 생각했다. 500년 전 잉카인들도 이 길을 걸었을까. 이 풍경을 봤을까. 그들에게 이 산맥은 어떤 의미였을까.

우루밤바 오얀타이 탐보에 도착했다. 한적한 작은 마을이었다. 페루레일 역이 보였다. 사람들이 모여 있었다. 모두 마추픽추로 가는 사람들의 설렘과 기대가 보였다. 나도 마찬가지였다. 가방을 챙기고 역으로 걸어갔다. 드디어 기차를 탄다.

페루레일, 천장이 유리인 기차

페루레일. 오얀타이탐보에서 마추픽추 아래 마을인 아구아스 칼리엔테스까지 운행하는 기차. 여러 등급이 있지만 대부분 비스타돔(Vistadome) 트레인을 이용한다. 전망대라는 뜻. 기차에 올랐다. '오...' 천장이 유리였다. 창문도 컸다. 기차 내부 천장과 옆 창문의 개방감이 좋아 자연 그대로의 푸른 하늘과 아름다운 주변 풍경을 감상할 수 있다. 자리에 앉았다. 옆자리에는 일본인 부부가 앉았다. 서로 미소를 교환했다. 같은 목적지로 가는 사람들끼리의 공감.

기차가 출발했다. 천천히. 우루밤바 강을 따라 달렸다. 창밖으로 계곡이 보였고 강물이 흘렀다. 산이 병풍처럼 둘러쌌다. '아름답다.' 말이 필요 없이 그냥 봤다. 기차가 계속 달렸고 풍경이 계속 바뀌었다. 험준한 산, 푸른 강, 작은 마을, 계단식 밭. 모든 게 신기했고 모든 게 새로웠다. 승무원이 와서 간식을 나눠줬다. 옥수수 칩과 과일 주스. 창밖을 보며 먹었다. 기차 여행의 낭만이 이런 건가. 급하지 않게, 천천히, 풍경을 즐기며 가는 것. 한 시간 반 정도 달렸을까. 기차가 속도를 줄이더니 아구아스 칼리엔테스에 멈췄다. 마추픽추 바로 아래마을. 드디어 도착했다. 작은 역이었다. 사람들이 우르르 쏟아져 나왔다. 모두 마추픽추를 향해 가는 사람들. 나도 그중 하나였다.

2월의 마추픽추, 조용한 축복

아구아스 칼리엔테스는 작은 산골 마을이었다. 강을 끼고 골목이 미로처럼 이어져 있었다. 식당, 기념품 가게, 호스텔들이 다닥다닥 붙어 있었다. 마추픽추의 여름은 습하고 덥고, 겨울에는 건조하고 춥다. 연간 강수량의 대부분이 10월에서 3월 사이에 떨어진다. 즉, 2월은 우기다. 예전에는 우기라 비수기였는데 지금은 연중 몰려드는 인파로 정신이 없다. 특히 마추픽추 입장권 예약이 온라인으로 바뀐 후부터는 더 사람이 많아진 느낌이다. 겨울이라 비가 올 수도 있고, 날씨가 흐릴 수도 있지만 괜찮다, 흐린 날의 마추픽추는 맑은 날의 마추픽추보다 더 운치 있는 뭔가 더 성스러운 느낌을 준다.

호텔에 체크인하고 짐을 풀었다. 창밖으로 산이 보였다. 저 위에 마추픽추가 있다. 내일 아침이면 드디어 본다니 가슴이 뛰었다. 저녁식사를 하며 내일 일정을 생각했다. 3번째 마추픽추는 나에게 어떻게 다가올까?

새벽, 그리고 첫 만남

아직 어두운 새벽 4시 30분, 알람이 울렸다. 서둘러 준비하고 버스 정류장으로 향했다. 이미 줄이 길었다. 모두 마추픽추 첫 입장을 위해 기다리는 사람들. 다들 설레는 표정이었다. 30분을 기다렸을 때 버스가 왔다. 사람들이 일렬로 타기 시작했다. 버스가 산길을 구불구불 올라갔다. 스위치백. 지그재그 길. 어두워서 잘 보이지 않았지만 아슬아슬한 게 느껴졌다. 20분쯤 올라갔을까 동이 트기 시작하며 하늘이 밝아지고 있었다. 버스가 마추픽추 입구에 멈췄다. 사람들이 우르르 내렸다. 입장권을 검사받고 가이드와 같이 들어가 걷고 돌계단을 올랐다. 숨이 찼다. 고도 때문인지, 설렘 때문인지. 계속 올랐다.

그리고 턱. 마주쳤다. 마추픽추. '…와.' 세 번째인데도 말이 안 나왔다. 케추아어로 '오래된 봉우리'라는 뜻. 해발 약 2,430m에 위치한 고산도시. 1400년대 후반에 지어졌으며, 80여 년 동안 사람들이 거주하다가 1530년대에 완전히 버려졌다. 안개가 걷히고 있었다. 아침 햇살이 유적을 비췄다. 돌로 쌓은 건물들. 계단식 밭들. 그 뒤로 솟은 와이나픽추 봉우리. (실제 우리가 마추픽추 사진으로 만나는 건 마추픽추에서 본 와이나픽추) '진짜구나.' 사진으로만 보던 그 풍경이 눈앞에 펼쳐진다. 그 순간 모든 게 현실이 됐다. 버킷리스트가 현실이 된다 말없이…

가이드의 이야기, 잉카의 비밀

가이드와 함께 마추픽추를 걸었다. 영어 가이드. 가

이드 없이 마추픽추를 보는 것과 가이드와 함께 보는 것은 천지 차이다. 돌로 지은 건물일 뿐이지만, 각각의 건물과 돌에 의미가 있다는 것을 알게 된다. 돈 아낀다고 배낭여행으로 온 한국 여행자들이 패키지팀 근처에서 도둑 설명 듣는 건 흔한 풍경이다.

파차쿠티 황제가 1450년대에 지었다. 군사 원정 후 황제 전용 궁전으로 사용하기 위해. 이 돌을 보세요." 가이드가 벽을 가리켰다. "틈새에 칼날 하나 들어가지 않습니다." 신기했다. 정말로 틈이 거의 없었다. 정교한 석조 건축. 모르타르 없이도 단단하게 결합되어 있다. 잉카의 석조 건축 기술이 매우 발달했음을 보여준다. "지진이 나도 무너지지 않습니다." 가이드가 계속 설명했다. "돌들이 흔들리면서 충격을 흡수하거든요." 쿠스코 대지진 당시, 스페인이 세운 교회는 무너져도 잉카의 초석은 무너지지 않았다. "500년이 지났는데도 말이죠." 놀라웠다. 500년 전 기술이 현대 기술보다 뛰어날 수도 있다는 것이. 가이드가 설명하는 모든 것이 흥미로웠다. "여기가 태양의 신전입니다. 동지와 하지에 정확히 태양이 들어오도록 설계됐어요." 태양의 주기를 정확

히 계산한 인티와타나 신전. 계획도시의 완벽한 수로. 천문학적 지식, 수리학적 지식, 건축학적 지식. 모든 게 집약돼 있었다. "이 계단식 밭을 보세요. 총 700개가 넘는 계단이 있습니다. 각각 다른 작물을 재배했어요. 고도에 따라 기온이 다르니까요." 과학적이었다. 체계적이었다. "그리고 이 수로를 보세요. 빗물을 모아서 도시 전체에 공급했습니다. 수압까지 계산해서 만들었어요." 놀라움의 연속이었다.

가이드 투어가 두 시간 반 동안 계속됐다. 단 한 순간도 지루하지 않았다. 모든 설명이 새로웠고, 모든 건물이 의미가 있었다. 돌 하나하나에 이야기가 있었다. 그냥 유적을 보는 것과 이렇게 설명을 들으며 보는 것은 정말 천지 차이였다. 투어가 끝났을 때 머리가 꽉 찬 느낌이었다. 지식으로, 감동으로.

80년의 문명, 영원한 유산

1532년 스페인 정복자 프란시스코 피사로가 이끄는 160여 명의 스페인군이 잉카제국을 정복했다. 당시 잉카제국의 인구는 1천만 명이 넘었다. 천만 명의 제국이 160명에게 무너졌다. 어떻게 그럴 수 있을까. 스페인에서 전해온 천연두 같은 질병으로 사람들이 사망했고 마추픽추는 스페인 정복자들에게 발견되지 않아 원형이 보존됐다. 안타까웠다. 가슴이 먹먹했다. 찬란했던 문명이 단기간에 사라졌다는 게. 이런 놀라운 기술을 가진 사람들이, 이런 아름다운 도시를 만든 사람들이, 질병과 침략 앞에 무너졌다는 게. 돌 하나하나가 이야기하고 있는 것 같았다. '우리는 여기 있었어.' '우리는 이렇게 살았어.' '우리를 기억해 줘.'

계단식 밭에 앉았다. 저 멀리 와이나픽추가 보였다.

안개가 산을 감쌌다 풀어줬다 반복했다. 바람이 불어 시원하고 고요했다. 사람들이 적어서 좋았다. 2월 우기라 좋았다. 나만의 마추픽추 같았다. 버킷리스트를 이루는 순간, 한참을 앉아 있었다. 시간이 멈춘 것 같았다. 500년 전이나 지금이나 이 풍경은 똑같을 것이다. 잉카인들도 여기 앉아 이 산을 봤을 것이다. 이 바람을 맞았을 것이다. 그들이 본 것을 내가 보고 있다. 그들이 느낀 것을 내가 느끼고 있다. 신기한 감정이었다.

옆에 앉아 있던 할머니가 말을 걸었다. "Beautiful, isn't it?" "Yes. Very." "I've been dreaming of this for 40 years." 40년. 40년을 꿈꿨다고. 그 말이 가슴에 와닿았다. 나는 몇 년 꿈꿨지? 길어야 몇 년. 하지만 그 할머니는 40년. 이제 와서 이루었다. '버킷리스트구나.' 진짜 버킷리스트. 죽기 전에 꼭 해야 할 일. 할머니가 미소 지었다. 행복해 보였다. 눈가에 감동의 눈물이 맺혔다. 나도 눈시울이 뜨거워졌다. 같이 감동하고 있었다. 같은 버킷리스트를 이루고 있었다. '나도 이루고 있구나. 모두의 버킷리스트를.' 그 순간이 소확행이었다. 작지만 확실한 행복. 마추픽추에 앉아 바람을 맞으며 500년 전

사람들이 본 풍경을 보는 것. 40년을 기다린 할머니 옆에서 같은 감동을 나누는 것. 버킷리스트를 이루는 것. 그게 전부였다. 그것만으로 충분했다.

일주일이면 충분하다

오후 늦게 마추픽추를 떠났다. 버스를 타고 내려왔다. 기차를 타고 우루밤바로. 버스를 타고 쿠스코로. 쿠스코에 도착하니 밤이었다. 아르마스 광장에 갔다. 불이 켜진 산토도밍고 성당이 아름다웠다. 아르마스 광장에 앉아 사람들을 봤다. 페루 사람들. 잉카의 후손들. 오늘날 잉카의 후손인 페루 원주민 인디오들의 생활은 고단하다. 원주민 거의 전부를 포함한 50% 이상이 빈곤층을 형성하고 있다. 복잡한 마음이 들었다. 찬란했던 문명의 후손들이 지금은. 하지만 그들의 얼굴에는 웃음이 있었다. 삶이 있었다. 그것만으로도 다행이었다.

돌아오는 비행기 안에서 생각했다. '생각보다 가까웠어.' 미국을 경유해서 리마로. 리마에서 쿠스코로. 일주일이면 충분했다. 빡빡하게 짜면 우유니까지 가도 8일이면 가능하다고 했다. 버킷리스트 두 개를 일주일 안에. '간지나잖아?' 그런 생각이 들었다. 남미. 마추픽추. 우유니. 다들 막연하게 생각한다. '너무 멀어.' '시간이 너무 오래 걸려.' '나중에 은퇴하고 가야지.' 하지만 아니다. 일주일이면 된다. 휴가 일주일 그걸로 충분하다. 물론 길고 여유롭게 가면 더 좋다. 하지만 시간이 없다면 버킷리스트를 이루기에 일주일도 충분하다.

버킷리스트, 이제 할 때

버킷리스트. 왜 만드는 걸까. 죽기 전에 꼭 하고 싶은 일. 하지만 많은 사람들이 이루지 못한다. 왜? '너무 멀어서.' '시간이 없어서.' '돈이 없어서.' 대부분은 핑계다. 정말 하고 싶으면 방법이 있다. 마추픽추도 그랬다. 막연히 멀게만 느껴졌다. 하지만 알아보니 가까웠다. 일주일이면 다녀올 수 있었다. 가격도 생각보다 비싸지 않았다. 문제는 결심이었다. '가겠다.' 그 결심만 하면 됐다. 항공권을 예약하는 순간 버킷리스트가 현실이 됐다. 40년을 기다린 그 할머니를 생각한다. 물론 할머니도 행복해 보였다. 하지만 40년은 너무 길다. 지금 할 수 있는데 왜 40년을 기다리나. 물론 누구에게나 사정이 있

다. 하지만 대부분은 핑계다. '언젠가'라는 말로 미루다
가 결국 못 가게 된다.

이 글을 읽는 당신. 버킷리스트가 있는가. 마추픽추?
우유니? 아니면 다른 곳? 미루고 있는가. '언젠가.' '나
중에.' '은퇴하고.' 그렇게 말하고 있는가. 지금 하라. 정
말로. 일주일이면 된다. 휴가 일주일 그걸로 충분하다.

지구 소확행 출간 시리즈

지구 소확행 시리즈 W

- 대한민국 행복 개그 졸탄쇼
10만 관객이 함께한 졸탄쇼 그 비밀스런 이야기

지구 소확행 시리즈 Y

- 예술로 젊어지기

지구 소확행 시리즈 J (Journey)

길 위에서 발견한 작은 행복

1쇄 발행 2026년 4월 10일
지은이 김봉수
펴낸이 김영경
펴낸곳 쑬딴스북
표지 디자인 이지선
인디자인 인지예

출판등록 제2021-000088호(2021년 6월 22일)
주소 경기도 파주시 탄현면 헤이리마을길 82-91 B동 202호
이메일 fuha22@naver.com

ISBN 979-11-94047-44-5